África en el corazón

Editorial Bambú es un sello
de Editorial Casals, SA

Tel.: 902 107 007
editorialbambu.com
bambulector.com

Diseño de la colección: Miquel Puig
Diseño de la cubierta: Estudio Miquel Puig

Decimonovena edición: marzo de 2023
Doceava edición en Editorial Bambú
ISBN: 978-84-8343-143-6
Depósito legal: M-753-2011
Printed in Spain
Impreso en Anzos, SL, Fuenlabrada (Madrid)

El papel utilizado para la impresión de este libro procede de bosques gestionados de manera sostenible.

África en el corazón

M.ª Carmen de la Bandera

bambú
EDITORIAL

A Jesús, Julia, Diego y Ángela.
En orden de edad, que no de cariño.

El mar de la libertad

O hay muchos mares
o el mar tiene días buenos y días malos,
como todos.
Un día abraza,
otro día mata;
un día te hace cosquillas
y otro día te asusta.
¿Es él el asesino de tantos que quisieron venir?
¿O es que en su fondo se concentran
todos los dolores y sufrimientos de los hombres,
todas las hambres, todas las guerras,
todas las esclavitudes...?
Ahí están enterradas
y, a veces, se revuelven y agitan.

¿Cómo va a ser un mercenario maldito
el que hoy nos refresca y nos hace reír,
el que nos recuerda nuestra libertad...?

Pablo Pérez Pérez
www.lamercedrefugiados.org

Al lector

Me llamo Diko, como mi abuelo. Mi padre se llama Kaunda, y mi madre se llamaba Ibinga. Nunca llegué a conocerla; murió cuando yo nací. Fue en una pequeña aldea de Camerún, pero no me preguntes cuándo porque nadie me lo ha dicho nunca, así que no puedo decir con seguridad la edad que tengo. Calculo que ando por los dieciséis. Pocos años para unos recuerdos tan amargos e incluso vergonzosos. Sé que te sorprenderá que hable así, pero cuando conozcas mi historia lo entenderás. Solo entonces, podrás juzgarme.

Primera parte

1. El entierro

Una lechuza salió de entre las matas para despedir a la noche; pronto se perdió para esconderse y esperar de nuevo a las tinieblas. A mi abuelo no le gustaba que abandonase el poblado tan temprano, pero a mí me agradaba ver cómo el sol se adueñaba de los campos y cómo los pájaros montaban su jolgorio particular de buena mañana. Blandiendo un tallo de mijo arrancado de cualquier sembrado, marchaba hacia el río que, en aquel momento, era más bien un pequeño riachuelo. Antes de llegar a las colinas me gustaba refrescarme los pies cansados y polvorientos del camino. Era una mañana como todas, pero me llamó la atención el vuelo pausado de un águila; iba lenta, como si la carga que llevaba entre sus garras le pesara más de la cuenta. Cuando llegó a mi altura, soltó una liebre. Tuve miedo; un animal muerto en medio del camino es un mal augurio.

Siguiendo la costumbre, trepé por una pendiente para contemplar desde lo alto mi aldea: Kongle, tierra de dowayos, pero de los dowayos del llano, que son mucho más civilizados y menos brutos que los dowayos de la sierra. Me gustaba ver el despertar de mi gente: la plaza, todavía vacía; los campos de mijo, que ya contaban con el trabajo de los más madrugadores; el ganado, aún soñoliento, y las matas de melones trepadores que ponían una nota de color sobre las techumbres de las chozas.

Estaba intentando atrapar una lagartija para mi colección, cuando unos sones lejanos me distrajeron. Dejé escapar al bicho y me concentré en aquel sonido. No cabía duda; era el tambor de los muertos. Lo conocía bien, se tocaba solo cuando había algún fallecimiento. A pesar de que entraba dentro de nuestras más arraigadas costumbres, su tétrico sonar me producía escalofríos, y huía lejos, lejos, hasta que me envolvía el silencio del campo. Siempre hacía lo mismo, no lo podía evitar. A la mayoría de mis amigos les ocurría igual, pero a mi abuelo no le gustaba mi forma de proceder porque decía que así nunca me haría un hombre.

Pensé en mi mejor amigo, Massandé; llevaba unos días enfermo. Hacía una semana que su padre había conseguido, de los curanderos de la ciudad, unas medicinas que, sin duda, eran el mejor remedio. Escuché decir que los ojos de hiena que pusieron bajo su almohada, acabarían haciendo el milagro de la curación. Aunque me tenían prohibido acercarme a su cabaña para que no se me pegase el mal, recordé que, la noche anterior, los mayores entraban a la vivienda y salían con cara de preocupación.

Venciendo el miedo, busqué un montículo donde pudiese ver y oír.

En efecto, el ritmo aumentaba con creciente intensidad; dos hombres, cada uno con un voluminoso tamtan, recubierto con la piel de un toro sacrificado, sacaban al instrumento sonidos de muerte con las palmas de sus manos. Aunque me quedaba la esperanza de que el difunto fuese cualquier otra persona, poco tuve que esperar para que mis temores se confirmaran: el padre de mi amigo salió de la morada gritando y lamentándose de forma desesperada. De piedra en piedra rodaba por el suelo. El polvo y el sudor formaban sobre su cuerpo un manto de luto. Todavía permanecí un rato inmovilizado por el dolor. No me atrevía a emprender el camino de regreso. Sentía la pérdida del amigo, pero también me aterraban todos los ritos funerarios que se avecinaban. Sabía que durante semanas sentiría martillos en el cerebro recordando los cánticos y los sones de muerte.

Por fin llegué hasta el poblado. Ya se había formado el coro de plañideras que cantaban y bailaban al son del tamtan, recriminando a los dioses porque se habían llevado a una criatura maravillosa.

Venciendo el pánico, me asomé a la vivienda: allí estaba Massandé; yacía de costado, el brazo apretado al cuerpo. Junto a la cabeza, el viático[1]: dos escudillas, una de mijo y otra de judías. A su lado, la madre, en cuclillas, emitía unos alaridos que partían el alma. La abuela acompañaba los gri-

1. Provisión (en especie o en dinero) de lo necesario para el sustento de quien hace un viaje; en este caso, el viaje al más allá de Massandé.

tos a la vez que, enloquecida, salía y entraba de la vivienda. Yo me acomodé en un rincón; quería estar con mi amigo. Posiblemente nos viésemos en la otra vida, pero para eso aún quedaba mucho tiempo.

Algunos parientes ya habían ido en busca del herrero que residía a unos kilómetros. Hasta el día siguiente no apareció y, mientras tanto, el ritual de música y alaridos no cesó, cada vez con más público y más parientes que acudían al enterarse de la noticia.

Cuando llegó el herrero, lo primero que hizo fue coger una cabra que la familia había preparado. Arrodillado, se la presentó al niño muerto. Después, salió con el animal y, buscando un sitio donde estuviese libre de las miradas de todos, lo degolló; la carne la colgó de un árbol y la piel la extendió cortando unas tiras que le servirían de cabos para atar.

Antes de entrar para recoger el cadáver, colocó un hacha y una azada cerca de las rocas dónde debía ser enterrado. Entró con la piel de la cabra y echó a todas las mujeres. Yo me había escondido detrás de un cajón y mi presencia pasó inadvertida. El herrero untó sus manos con la ceniza que cogió de un pequeño fuego y puso las manos de mi amigo detrás de su cabeza; extendió la piel y envolvió con ella el cuerpo de Massandé atando las tiras en la cabeza y en la espalda. Lo levantó en brazos y salió corriendo hacia el lugar de enterramiento. Solo lo acompañaba el tío de Massandé. Era el encargado de comprobar que la sepultura era la adecuada. Al regresar dio fe de que estaba bien sellada con barro.

El dramatismo del momento se alimentaba con los gritos y lamentos que acompañan al tamtan en una precipitada melodía. Las mujeres se revolcaban por el suelo en una especie de ataque convulsivo. Todo terminó cuando regresó el herrero y, después de lavarse manos y brazos, cogió la carne que pendía del árbol y las escudillas del viático. Se marchó dejando atrás la escena del dolor.

2. Mi padre y mi madre

Después de la muerte de mi amigo, quedé tan consternado que no encontraba alegría en nada; no salía ni jugaba con los otros niños; las noches me agrandaban los recuerdos y lloraba dando rienda suelta a mi tortura. A las lagartijas que habíamos cazado entre Massandé y yo, les otorgué la libertad; solo me quedé con una grandota que había capturado él y de la que se sentía orgulloso. Para aliviar la soledad del bicho, por la noche, cuando mi abuelo encendía el farol que nos alumbraba dentro, la sacaba de la jaula que entre los dos habíamos fabricado, para que se entretuviese cazando insectos. Observaba cómo, sin mover la cabeza, girando los ojos, descubría un mosquito –su banquete favorito– y se lanzaba en su persecución. Una vez lo engullía, se preparaba para conseguir otro. Así pasaba las horas, hasta que el llanto y el sueño me podían.

Seguía madrugando más que nadie –entre otras cosas, porque era la estación seca y, en cuanto salía el sol, la casa era un horno–; pero ya no daba esos paseos largos que antes tanto me gustaban. Solo aguardaba a que las niñas saliesen para ir a recoger el agua al pozo, que estaba bastante retirado. Aunque no era oficio de niños, yo les ayudaba; me gustaba charlar con ellas, sobre todo con Gochilé. Era algo mayor que yo –calculo que, entonces, yo andaría por los diez años–, muy guapa, alegre y divertida. El rato que estaba a su lado, olvidaba mis penas.

–Cuando crezca –le dije un día en un arranque de sinceridad– nos casaremos.

–Empieza a preparar el ganado, porque valgo mucho –respondió con una buena risotada.

Quedé desconcertado y no supe qué decir, porque yo lo había dicho en serio y parecía que ella se lo tomaba a broma.

Todos los niños salían con el ganado para que pastase en la poca hierba que quedaba hasta que llegasen las lluvias; ese sí era oficio de chicos y lo había hecho más de una vez, pero mi ánimo no estaba para nada y dejaba que mi abuelo se ocupara de todo. Él me amenazaba con decírselo a mi padre para que pusiese remedio a esa cabezonería mía de hacer lo que me daba la gana, pero yo no reaccionaba. Entonces, al igual que siempre que mi abuelo me reñía o tenía algún problema, pensaba en mi madre; en cómo sería todo si ella viviera.

Quienes conocieron a mi madre decían que era muy hermosa, simpática y trabajadora; tanto que mi abuelo tuvo que pagar hasta quince cabras para que su familia accediera al matrimonio con mi padre (lo habitual, a la hora de concertar una boda, era ofrecer ocho o diez animales). Mi tía Bagú, hermana de mi madre, me contaba detalles de su muerte que no me cansaba de oír; aunque el parto fue difícil, la mujer del herrero, que era la partera, consiguió que yo llegase al mundo sano y salvo. Todos se alegraron, y cuando entró mi padre se puso muy contento, besó a mi madre y le agradeció haberle dado un varón. Mientras se complacían viendo lo grande y fuerte que era, mi madre se desangraba. Antes de que la hemorragia acabase con ella, la sacaron afuera. Las mujeres no pueden morir dentro de la casa; si así ocurre, el marido tendrá problemas para encontrar una nueva esposa; el espíritu de la difunta le hará la vida imposible.

Pasados los primeros duelos, todos aconsejaron a mi padre que debía ocuparse de buscar novia. Un hombre joven no debe permanecer sin una mujer que lo acompañe, lo cuide y le dé nuevos hijos. Mi padre, al principio, se mantuvo reacio, pero al final decidió que buscaría nueva compañera. Y lo hizo lejos, en la ciudad.

Al cabo de un tiempo apareció con su nueva mujer. A mí no me gustó; pero no era yo solo, mi abuelo tampoco la quería.

Pronto llegó la primera niña y entonces comenzaron los problemas, porque –según mi tía–, mi madrastra me dejaba a un lado mientras colmaba a la niña de todos los cuidados. Hubo una reunión familiar y decidieron que yo quedaría al cuidado de mi tía Bagú y de mi abuelo, y que mi padre se marcharía. Mi abuelo le dio parte del ganado para que, fuese donde fuese, emprendiera una nueva vida. Así fue como mi padre aterrizó en Poli, la ciudad más próxima a Kongle. Allí vivía con su nueva mujer y dos hijos (después de la primera niña, llegó un niño).

Una vez a la semana llegaba desde Poli un coche que transportaba personas y mercancías. En la plaza del poblado se formaba un pequeño mercado con las cosas que traían los de la ciudad: cerveza, Coca-Cola y otros refrescos, ropa, medicinas que habían preparado los curanderos, y algunos amuletos para prevenir el mal de ojo y otras desgracias. Los del lugar ofrecían leche, tortas de mijo, gallinas, huevos y, según la estación, algún producto de huerta. La mayor parte del comercio se hacía cambiando unos productos por otros. Para los niños siempre era una fiesta y estábamos atentos a la llegada de la furgoneta que recibíamos con gran jolgorio; la rodeábamos para ser los primeros en ver los artículos y a los posibles visitantes. Menuda sorpresa me llevé aquel día al comprobar que uno de ellos era mi padre. Enseguida comprendí la causa de su visita: mi abuelo le había avisado.

Él me abrazó muy cariñoso y yo le respondí con un simple beso de cumplido. Rápidamente me cogió de la mano y fuimos adonde estaba el abuelo. Lo primero que hizo, cuando estuvimos los tres, fue darme una camiseta que me había traído como regalo. La recibí sin mucho entusiasmo porque estaba convencido de que algo querría a cambio.

Aquella noche, dejé a la lagartija en su jaula porque quería estar muy atento y escuchar la conversación que mantenían mi abuelo y mi padre.

–Diko está muy raro –decía mi abuelo–; desde que murió su amigo, no juega, no sale. Creo que ha llegado el momento de que cambie de lugar. Estoy seguro de que cuando deje de ver los sitios a los que iba con Massandé, se le pasará.

–Tendrás que convencerlo tú; si no –concluía mi padre–, será difícil.

–Yo no quiero que se marche, pero comprendo que le conviene. Además, he pensado que lo de ir a la escuela es una buena decisión.

Yo no respiraba escuchando toda la trama. Sin aguantar, abandoné el camastro y me arrojé en brazos de mi abuelo.

–¡No quiero marcharme, abuelo, no me dejes! –gritaba.

–Tranquilízate, hijo. Comprende que a mí me cuesta la separación; pero tu padre y yo lo hacemos por tu bien. En Poli aprenderás más que aquí.

–Te prometo, abuelo, que a partir de ahora me ocuparé del ganado y del huerto para que tú descanses.

–No es eso, no es por mí por lo que quiero que te marches; junto a tu padre podrás convertirte en un hombre.

Yo seguía llorando y apretando cada vez más su cuello.

–No hagas las cosas más difíciles –razonó mi padre mientras me acariciaba–; vamos a llegar a un acuerdo: ahora te vienes conmigo y, si pasado un tiempo no te gusta la ciudad, vuelves con el abuelo. Yo estaré aquí una semana hasta que venga el nuevo coche; tendremos tiempo de hablar y de pensar las cosas con tranquilidad.

–De acuerdo –respondí conteniendo los sollozos–, pero me tienes que prometer que, si no me gusta, me vuelvo.

–Prometido.

Los dos me besaron. Más tranquilo ya, volví a mi jergón donde el sueño, finalmente, me venció.

3. La despedida y el viaje

En mi mente de niño, que solo había conocido un minúsculo territorio, la aldea donde nací: Kongle –un pequeño trocito de un gran país, Camerún–, no cabía la sospecha de que el viaje que me disponía a realizar con mi padre sería el primero de otros que, por tierras mucho más lejanas, me vería obligado a realizar por razones de supervivencia. Pero esas son otras historias que no quiero adelantar.

Se agotó el plazo y llegó el día de partir. La misma furgoneta que tantas veces había recibido con alegría, entonces me resultó diferente porque me llevaría lejos de los míos, a tierras desconocidas. Aunque Poli distaba catorce kilómetros de Kongle, para mí era el fin del mundo.

Lo primero que hice, apenas apuntó el sol, fue ir a visitar la tumba de mi amigo: «Hola, Massa –le dije–, no me verás en una temporada; me marcho con mi padre a Poli. Yo no quiero, porque tú te quedas aquí y no sé si me gustará la ciudad ni cómo me voy a llevar con mi madrastra. Si te digo la verdad, eso es lo que más me preocupa. Se lo he dicho a mi padre y me ha respondido que no tengo nada que temer. Él me anima y me dice que en la ciudad hay más cosas que aquí y que podré ver la televisión en una misión que hay cerca de su casa. A los niños, los misioneros les enseñan muchas cosas, y tienen unos aparatos que se llaman frigoríficos que refrescan las bebidas; debe de ser estupendo tomar Coca-Cola fría. Estudiaré francés, el idioma que todos usan; hay niños de otras tribus, por eso tenemos que usar una lengua común para que todos nos entendamos. Mi padre dice que no me preocupe porque según él, soy bastante listo y aprenderé pronto. Te echaré de menos, pero te prometo que cuando regrese vendré a charlar contigo». Cogí unos matojos, porque flores no había, y los deposité encima de su tumba.

A mi última lagartija le otorgué la libertad; estaba seguro de que se marcharía a la tumba de su antiguo dueño. Entré el primero en la furgoneta para situarme al lado de la ventanilla; no quería perderme nada del camino. Un pequeño hatillo era todo mi equipaje. Me abracé a él como el que guarda un gran tesoro. A través del cristal, agité la mano para dar el último adiós a mi abuelo. Con el dorso de su mano, mi abuelo detuvo una lágrima que rodaba por su mejilla; yo contuve mi torrente con el bajo de la camiseta.

Daba la impresión de que la furgoneta estaba a punto de reventar. En asientos para dos, se acoplaban tres; las madres sostenían en su regazo a niños y bultos (una de ellas daba el pecho a un bebé), mientras que un señor nos ensordecía a todos con la música que salía de un cacharro que –según mi padre– se llamaba radiocasete; por si aquello fuera poco, pequeñas nubes de plumas, procedentes de unas pobres gallinas que estaban atrapadas entre dos cestas, nos rodeaban.

Aunque al principio la carretera resultó bastante transitable, poco después cambió y se convirtió en una trampa llena de rocas y agujeros. Todos comentaban que era una suerte que estuviéramos en la estación seca, porque en la de lluvias los fangos atascaban las ruedas y era mucho peor. El conductor dijo que no podía continuar porque el motor iba a salir ardiendo de lo caliente que estaba. Después de media hora de parada, nos aconsejó que los más jóvenes bajáramos para que la carga se aliviara y así se refrescara antes. Él esperaría más adelante, donde la carretera volvía a mejorar. Dejamos dentro a las personas mayores y a las mujeres con niños pequeños. A mi padre y a mí nos tocó caminar. A pesar de las piedras, yo acabé quitándome las sandalias que me habían obligado a calzar. Me dijeron que en la ciudad nadie iba descalzo, pero yo caminaba mejor sin aquellos artilugios en los pies.

Cuando llegamos a Poli, todos me recibieron muy bien y los niños, que ya estaban más grandes de lo que pensaba, me saludaron en francés. No me gustó porque ellos, aunque vivieran en la ciudad, eran dowayos como su padre. En las casas hacía un calor insoportable, así que todo el mundo estaba en las puertas tomando el escaso fresco que traía la noche.

–Ven –me dijo Maha, mi madrastra (nunca consiguió que le llamase madre), cogiéndome de la mano y llevándome a una de las habitaciones–; este será tu cuarto. Aquí puedes encender y apagar la luz; es eléctrica y mejor que la del farol.

Abrí bien los ojos porque era la primera vez que la veía. Tenía, para mí solo, un jergón, una mesita, una silla y una palangana. No estaba mal. La casa era más espaciosa que la de mi abuelo. El salón-cocina era amplio. De allí se pasaba a una habitación para los padres, otra para mis hermanos y la mía. Detrás había un gran corral con bastantes cabezas de ganado: cabras y vacas. Por lo visto, mi padre se dedicaba a la compraventa de todo lo que caía en sus manos. Por su parte, mi madrastra cosía vestidos que vendía en el mercado.

–Vamos a dar una vuelta. Quiero que te familiarices enseguida con la ciudad. Ya verás cómo te gusta –me dijo mi padre en tono cariñoso.

–Como quieras –aquellas fueron las primeras palabras que pronuncié desde mi llegada. Estaba sorprendido y también asustado.

Caminamos por la única calle que había. Era larga y ancha. A un lado y a otro estaban las casas, rectangulares y no circulares como las de Kongle, con tejados de chapa y unas planchas grises de un material llamado uralita. Esto hace que las casas sean tan calurosas como hornos.

–Vamos a llegar hasta la misión. A los padres ya les he hablado de ti. Tienen ganas de conocerte –comentó mi padre tratando de romper el silencio que había entre los dos.

–¿Los padres de quién? –pregunté intrigado.

–No, si no son padres de nadie, pero a ellos les gusta que les llamen así. Son cariñosos, y allí mismo está la escuela.

Nada más llegar, salió uno de ellos. Mi horror fue inmenso, porque su piel era mucho más clara que la nuestra;

nadie me había advertido, pero seguro que era de raza blanca. Comencé a temblar cuando, acercándose, me besó en la frente. Nunca había visto a ningún blanco y aquella visión me producía pavor. Según el brujo de mi tribu, los blancos eran perversos y siempre trataban de hacer daño a los negros. Él notó mi azoramiento y trató de serenarme.

–¿Cómo te llamas? –preguntó.

–Diko –respondí a secas.

–Bienvenido, Diko, te voy a enseñar la misión para que cuando vengas te encuentres como en tu casa.

Poco a poco fui perdiendo el miedo. La misión era el mejor edificio de todos los que había visto hasta entonces. Estaba la vivienda de los padres, en la que no entramos; la enfermería; unas salas que, según me explicó, eran las clases de la escuela, con unas mesas largas y un tablero negro en la pared para escribir; y pasando un patio amplio con plantas y muy cuidado, estaba lo mejor: un pequeño saloncito con la televisión. Aunque me habían hablado de ese aparato maravilloso a través del cual vemos y oímos lo que está pasando muy lejos, nunca lo había llegado a imaginar. Me quedé con la boca abierta y los ojos fijos en el invento.

–Después de las clases, y si te portas bien, podrás verla un ratito –comentó el padre.

Terminamos la visita y yo no había abierto la boca. Solo lo hice para tomarme la primera Coca-Cola fría de mi vida.

4. Los fulani y el brujo de la lluvia

La cerveza de mijo es un líquido espeso y rojizo con un olor agrio que nunca me gustó; cuando comprobé que a mi padre lo ponía borracho como una cuba, mucho menos. Llegaba de su trabajo y, sentado en la puerta de la casa, tragaba una tras otra las botellas que sacaba de la pequeña nevera. Cuando ocurría esto, se ponía de un humor de perros. Para no oír las broncas, mis hermanos, Ganawa y Sebuya, y yo salíamos por la parte trasera y allí permanecíamos asustados hasta que pasaba la tormenta. Entonces entrábamos y encontrábamos a mi madrastra llorando desolada y a mi padre roncando en su habitación. Comencé a sentir compasión por aquella mujer que, conmigo no era muy cariñosa, pero tampoco se portaba mal.

Llevaba varios meses allí y no conseguía asimilar las escenas violentas ni las broncas. A lo que sí me fui acostumbrando fue a la presencia de los blancos. Comprobé que no eran tan peligrosos como me habían dicho. En la misión era un padre blanco el que nos enseñaba a leer y a escribir. Puse tanto interés que pronto estuve a la altura de mi hermano que, aunque era más pequeño, llevaba más tiempo en la escuela. Por pura necesidad, acabé hablando francés en pocas semanas. Lo peor era que casi todos los chicos eran fulani y nos miraban con desprecio; también había algunos kona, pero estos eran inofensivos. Menos mal que me encontré con dos dowayos, Kalatu y Cheve, y que pronto nos hicimos amigos.

El padre Robín, que era el maestro, nos decía siempre que todos éramos hijos de Dios y que debíamos llevarnos bien. Al principio no entendía muy bien eso de que éramos hijos de Dios; «yo soy hijo de mi padre y de mi madre, y de nadie más», pensaba. Luego, me explicaron que había un Dios bueno que nos cuidaba como padre. Por las tardes, cantábamos y le pedíamos a ese Dios que nos mandase la lluvia, que ya se estaba retrasando demasiado. Yo cantaba con todos, pero no muy convencido, porque para traer el agua estaba el brujo de la lluvia, que tenía poderes.

Una tarde antes de irnos para casa, en el patio de la misión, un fulani –no me acuerdo de su nombre– escupió en la torta de Cheve. Los tres dowayos de la clase nos lanzamos sobre él; estábamos hartos de sus desprecios, insultos y constantes provocaciones, y aquello fue la gota que colmó el vaso. Se había formado un corro de mirones que jaleaba al enemigo y que estaba dispuesto a asistir al espectáculo de nuestro linchamiento. Nuestra rabia nos impedía oír las voces del padre Robín, que trataba de detenernos. De golpe, sentí una mano poderosa que me alejaba de mi presa.

–¡Estáis locos! ¡Fuera todos! –las voces del padre disgregaron a los exaltados espectadores; el provocador fulani se marchó con su pandilla.

–Ellos empezaron primero –dije resoplando. Estaba tan alterado que apenas podía respirar. Un fulani me miró con cara de odio. Me quedé con ganas de reanudar el ataque.

–Ya sabéis que aquí no quiero peleas; la próxima vez recibiréis un buen castigo, tanto unos como otros.

Al llegar a casa encontré a mi padre de buen humor. Estuve a punto de contarle el incidente de la escuela, pero me callé. Siempre tenía la sensación de que mis problemas le traían al fresco.

–Se están retrasando las lluvias –comentó–. Mañana vamos a ir unos cuantos vecinos al brujo de la lluvia, le pagaremos para que haga los rituales y acelere la llegada de las nubes. Si quieres, puedes acompañarnos, creo que ya eres mayor para ello.

–Sí, iré, nunca lo he visto –respondí decidido.

Todo el mundo sabía que los herreros, con la ayuda de sus hechizos, son los que predicen el futuro, descifran sueños, aconsejan en qué lugar debe construirse una casa, curan enfermedades, presiden las ceremonias funerarias, entierran a los muertos y, en algunos casos como en Poli, hacen de brujos de la lluvia.

Como los de este oficio no se mezclan con los demás y viven aislados, nos dirigimos muy temprano hacia las afueras de la ciudad; pronto encontramos la casa. Entramos. Cuando mis ojos se acostumbraron a la oscuridad, comprobé que no era diferente de las demás, o sea, que no tenía ningún lujo como hubiese correspondido a sus poderes.

Pronto apareció el herrero. Puso tres piedras mágicas sobre una losa de granito. Dio tres vueltas alrededor de ellas recitando algo que no sé si era en fulani, en kona...; desde luego, en dowayo, no. Frotó con grasa un cuerno de cabra hueco, lo levantó varias veces hacia el cielo, siempre muy serio y mascullando las oraciones. Volcó el cuerno y salió un tapón de lana de carnero, un aro de metal y una bola pequeña, azul brillante, que rodó por el suelo y fue a caer a mis pies. De una manera instintiva, me agaché para cogerla.

–¡Eh! No la toques, te mataría –gritó muy serio.

Puso todas las pequeñas cosas sobre un plato de metal fabricado por él e igualmente lo dirigió varias veces hacia arriba llamando a las nubes.

–¿Qué te ha parecido? –me preguntó mi padre una vez terminada la ceremonia y ya camino de casa–. Bien, ahora tendremos que esperar a ver qué pasa –continuó diciendo–. En la misión cantamos al Dios de los católicos pidiendo la lluvia. Seguro que entre Él y el brujo conseguirán que pronto llegue. Aunque aceptemos las religiones de los demás, nosotros debemos conservar nuestras tradiciones. No lo olvides.

–Sí, padre –respondí convencido.

No sé si fue por el Dios de los católicos o por el herrero, pero el caso es que las lluvias llegaron a tiempo.

5. La huida

A punto estaba ya de terminar la estación de las lluvias, cuando empecé a echar de menos todo lo que había dejado en Kongle. Aunque en Poli hice buenos amigos y disfrutaba de todo aquello que era nuevo para mí, como la luz, el frigorífico, el teléfono y, sobre todo, la televisión, echaba de menos las historias que mi abuelo me contaba por la noche, cuando nos sentábamos a la luz del farol.

Kalatu y Cheve terminaron siendo mis mejores amigos; creo que una de las cosas que más nos unió fue el odio a los fulani. Llegamos a tener bastante intimidad y los enemigos, desde el día de la pelea, acabaron por respetarnos. Me contaron algo que yo ya había oído y que no me podía creer; que los blancos son, en realidad, hechiceros reencarnados y que, al volver a la vida, lo hacen con piel blanca encima de la negra. Pero, ¿cómo podíamos descubrirlo? He ahí el problema.

Los primeros y los terceros domingos de cada mes eran días de mercado. La algarabía, el bullicio, se respiraba en todo el recinto donde estaban instalados los tenderetes. Desde el amanecer, los tres amigos permanecíamos pendientes de la llegada de las mujeres. Venían de las aldeas vecinas, cargadas con los productos y con sus trajes de colores; gritaban, reían y se sacudían la tristeza, la monotonía de sus aburridas vidas. Mi madrastra tenía buena clientela y en muy poco tiempo vendía las túnicas que había confeccionado. La chiquillería pululaba de un lado a otro: unos hacían recados y trataban de conseguir alguna propina –sobre todo, de los blancos a los que acosaban–; otros sisaban lo que podían de los puestos a fin de calmar el hambre, que no era poca. Nosotros seguíamos discutiendo la fórmula de salir de nuestra duda: si, efectivamente, los blancos llevaban piel blanca encima de la negra.

Kalatu y Cheve tuvieron la culpa de que yo fuese el mandón del grupo. Me dejaban que tomase todas las decisiones, así que esta vez fue como una de tantas. Nos acercamos con cautela a un blanco que estaba distraído viendo la artesanía que le ofrecía una mujer. Mis amigos le sujetaron las manos para evitar el pescozón mientras yo le arañaba el cuello. ¿Qué había debajo de aquella piel tan pálida? Nada; así lo comprobé. Lo peor fue que a los gritos del agredido acudió un guardia con la porra. Mis amigos salieron corriendo, pero yo me entretuve unos segundos mirándome las uñas a ver lo que había; esa fue mi desgracia.

–¡Ladrón! ¡Ladrón! –gritaban todos mientras el guardia me tundía a palos.

¡Menudo revuelo se armó! Siempre ocurría porque la gente, aburrida, se apuntaba a cualquier espectáculo. Cada uno daba su versión de los hechos, mientras yo continuaba en las garras del verdugo, que seguía golpeándome sin piedad. Para colmo de desdichas, apareció mi padre que, al reconocer a la presa, me liberó del guardia; pero no para ayudarme, sino para coger el relevo en la reprimenda. Ante todos había quedado como un ladrón; ¿cómo podía explicar mi arriesgada travesura? Opté por callar y tragarme la rabia.

Caía la tarde cuando, desde el rincón de castigo en el que me había recluido mi padre, pensaba en mi situación. La rabia que aún sentía y las magulladuras de mi cuerpo me llevaron a tomar una decisión: volver a Kongle. Estaba harto de vivir en aquella casa; harto de la mujer de mi padre; harto de que me hubiesen tratado como al peor de los delincuentes sin darme la opción de defenderme, harto de las violentas borracheras; harto de no poder ayudar a mi abuelo que se estaba haciendo viejo. Decididamente, allí sobraba. Sin pensarlo dos veces, hice un hatillo con lo poco que tenía, cogí de la cocina unas tortas de mijo y salí por la puerta trasera para buscar el camino de mi aldea. Aunque el viaje no sería fácil porque las lluvias habían formado unos lodos intransitables, nada me importaba; caminaba saboreando el encuentro. ¡Qué sorpresa para el abuelo! Presumiría asombrando a todos con lo que sabía y con lo que había visto.

Llevaría más o menos una hora sorteando baches, esquivando fangos y tratando de avanzar lo más rápido posible, cuando empezó a anochecer. Todavía distinguía a los gigantes, a los reyes del bosque: los baobabs que, con sus enormes troncos nudosos, sus ramas y sus grietas, me sonreían como caras de gnomos de enormes narices bulbosas y ojos saltones. Ahuyenté a una lechuza que se disponía a comenzar su caza nocturna. Sin darme cuenta, tropecé y caí en un charco de lodo. Tratando de esquivar la trampa, cada vez me hundía más y, por muchos esfuerzos que hacía, no avanzaba. Clavado y preso del pánico, la noche terminó por envolverme con su espeso manto negro. No veía ni las manos, colocadas a escasa distancia de los ojos. Me rozó un palo que parecía flotar en el agua cenagosa. Tiré el hatillo para atraparlo y, apoyándome en él, pude alcanzar la otra orilla. El barrizal se había tragado una de mis sandalias; tiré la otra (¡para lo que me servían!).

Estaba hecho una pena; envuelto en lodo pestilente, busqué refugio junto a un baobab que ya no me sonreía. A tientas encontré abrigo en el hueco de un tronco. Tiritaba de frío y miedo; el ponzoñoso barro envolvía mi cuerpo, lo sentía hasta en las orejas. De momento, me acordé de las historias que hablaban de los múltiples parásitos que poblaban las aguas estancadas y que producían enfermedades terribles. Sentí envidia de otros niños, como Kalatu y Cheve, que a veces pasaban hambre, pero luego tenían el consuelo de una madre. La caída de un pan de mono[2] me hizo olvidar mis angustias para prestar atención a los ruidos. El lamento de una hiena me heló la sangre; el animal buscaba comida para sus cachorros. Un eco lejano cortó mi respiración. Seguí atento. El eco se fue agrandando

2. Fruto del baobab, que pende del árbol como si fuese una bombilla.

hasta convertirse en unos gritos humanos. Alguien se acercaba. El bosque se pobló de luces de petróleo que saltaban de rama en rama, de árbol en árbol. No cabía duda; me buscaban. El primer impulso fue salir a su encuentro, pero luego, temiendo la paliza de mi padre, quise desaparecer.

–¡Dikoo!, ¡Dikoo!, ¡Dikoo! –repetían las voces.

–No debe de estar muy lejos –el que hablaba era mi padre–. Tenemos que seguir; no quiero encontrar mañana sus ropas ensangrentadas porque una fiera lo ha devorado.

–¡Dikoo!, ¡Dikoo! ¡Donde quiera que estés, sal, no te pasará nada! –gritó una voz que no reconocí.

Cerré fuertemente los ojos creyendo que así me haría invisible. Vano intento.

–¡Aquí está! –un vecino me había descubierto.

Todos me rodearon. Escuchaba una pregunta tras otra. El llanto me impedía responder.

–¡Estás loco! –gritó mi padre mientras me zarandeaba de un brazo–. ¿Tú crees que se puede andar por los caminos de esta forma? ¡Vamos a casa! ¡Ya ajustaremos cuentas!

Menos mal que las cuentas se saldaron solo con los empujones que me propinó en el camino de regreso.

6. La circuncisión

El padre Robín llegó a conocerme bastante bien; sabía lo tozudo que era y que, cuando se me metía una cosa en la cabeza, no cejaba hasta conseguirla. Así pues, aconsejó a mi padre que, a la primera ocasión que hubiese, me permitiera regresar a Kongle porque yo volvería a intentarlo, con el consiguiente peligro de viajar solo (y estaba en lo cierto).

Durante varios días había visto pasear por los patios de la misión a un señor blanco; era alto, fuerte, con el pelo largo y liso (siempre me llamó la atención que los blancos no lo tuvieran ensortijado como nosotros). A veces le gustaba entrar a las clases para vernos aprender. En el patio charlaba con nosotros; así supimos que su nombre era Juan y que venía de un país llamado España.

–Esta tarde, antes de marcharte, vienes para hablar conmigo –me dijo el padre Robín al terminar una de las clases.

Quedé intrigado porque, cuando decía eso, siempre era para echar una regañina. Yo no recordaba haber hecho nada inconveniente, así que estuve intranquilo hasta que llegó la hora de la cita.

–Diko –comenzó en un tono sosegado que me tranquilizó–, sé que tienes muchas ganas de regresar al lado de tu abuelo.

–Lleva usted razón –respondí decidido.

–Ahora tienes la ocasión.

–¿Sí? ¿Por qué ahora?

–Porque Juan, este señor que lleva unos días con nosotros, está haciendo un estudio de la zona y piensa viajar e instalarse una temporada en Kongle. Tiene un buen coche; podrías acompañarlo y regresar con tu abuelo.

La maravillosa noticia, por lo inesperada, me dejó mudo.

–Si no quieres –continuó el padre, interpretando mi silencio como rechazo–, lo dejamos para cuando pase la fiesta de los bautizos. Ya se presentará otra ocasión.

–No, no, yo tengo ganas de bautizarme, me han dicho que es una fiesta muy bonita –dije reaccionando–, pero estoy deseando volver a mi casa. Lo del bautizo puede esperar. ¿Lo sabe mi padre?

–Desde luego, lo primero que hice fue comentarlo con él y está de acuerdo.

–Padre, dígame una cosa. ¿Qué interés tiene este señor en ir a Kongle cuando ningún blanco ha pisado la aldea jamás? –pregunté una vez que los nervios fueron cediendo.

–Es antropólogo.

–¿Antropólogo? ¿Y eso qué es?

–Es una persona a la que le gusta conocer y estudiar las costumbres y la historia de los pueblos.

–¡Ah!, comprendo –no era verdad, seguía sin entender nada, pero eso no importaba.

Soñaba con el momento en que entraría en mi aldea, donde nadie me esperaba, acompañado por un blanco y en un coche. Veía la cara de sorpresa de mi abuelo y saboreaba el abrazo del encuentro.

Me encontré con cambios que no esperaba: mi tía Bagú estaba prometida en matrimonio a un señor mucho mayor que ella, pero que había pagado un buen precio (diez cabras y cinco vacas). Era de Garoua, así que pronto nos abandonaría para acompañar a su marido.

La familia de mi amigo Massandé había cambiado de casa. Desde que murió su hijo, ellos estaban convencidos de que todas las desgracias les venían por alguna maldición que alguien les había echado. Por eso le pidieron al herrero que les asignara otro solar para construirse una nueva vivienda.

Encontré a mi abuelo muy mermado en sus facultades. La pena de verse solo le había impedido seguir con el trabajo del huerto, que estaba totalmente abandonado. Tuvo que vender parte del ganado para subsistir.

Lo primero que hice para protegerlo, fue colgar en la puerta de la vivienda cáscaras de huevo, la mandíbula de una cabra y un hacha de piedra que siempre era heredada por el varón mayor de la familia. Así lo libraría de los demonios y malos espíritus.

–Diko, hijo –me dijo una tarde–, cada día estoy más viejo; antes de morirme, me gustaría asistir a la fiesta de tu circuncisión.

–Abuelo, tú no te vas a morir, te necesito.

–Ya lo sé, pero debes ir haciéndote a la idea. Tienes edad de ser iniciado como hombre.

Cada año, al principio de la estación seca, se preparaban los jóvenes que debían ser circuncidados. Entre los amigos siempre era tema de conversación; creo que todos sentíamos el mismo deseo y el mismo miedo. Se comentaba que algunos, llegado el momento, rompían en llanto, y los mayores consideraban que aún no tenían el valor suficiente. Como podría tomarse como un signo de cobardía, la familia lo llevaba en secreto. Yo asistía siempre al jolgorio, deseando y temiendo el día que me tocase a mí. Según mi abuelo, había llegado el momento. Aunque podía esperar un poco más –por entonces tendría unos doce años– enseguida fui cubierto con la túnica que vestían los futuros circuncisos.

El tamtan y los tambores no dejaron de sonar en todo el día. Los niños seguían a los músicos saltando, brincando y formando una gran algarabía. Se paraban en cada una de las puertas donde había un joven no circuncidado, como un aviso de que, una vez hubiera anochecido, vendrían a por él. Yo estaba muy nervioso preparando todo lo necesario. Serían varios días en el bosque.

Desde que regresé, no había vuelto a visitar la tumba de mi amigo. Antes de que el sol se pusiera, me dirigí hacia allí. ¡Tenía tantas cosas que contarle! Sobre todo en este día tan importante del que tanto habíamos hablado antes. Me pareció que, desde la oscuridad de los muertos, Massa me sonreía con cara de pena por no poder compartir conmigo esos momentos tan importantes en la vida de un dowayo.

Entró la noche y los organizadores no tardaron en llegar a la puerta de mi cabaña. Allí estaba yo tragándome el miedo, pero tieso como un palo. Quedé solo, rodeado de un círculo formado por una multitud en la que estaban muchos de mis amigos y otros jóvenes de aldeas próximas. Pronto me integré a la comitiva. Continuamos hasta capturar al último. La música se metía en el cuerpo, retumbaba en los oídos, en el cerebro, haciendo vibrar todo mi cuerpo. En la plaza salieron jovencitas a bailar mientras las mujeres mayores tocaban palmas. Las acompañaban los últimos circuncidados. Todo duró hasta la media noche, entonces el poblado quedó mudo. Los hombres que nos acompañaban se aseguraron de que no había ninguna presencia indiscreta, sobre todo de mujeres, que nunca conocerían nada del ritual porque esto era solo cosa de hombres.

Nos dirigimos hacia una hondonada de la sabana. A la pálida luz de la luna, caminábamos escoltados por nuestros mayores. Pronto distinguimos el brillo y resplandor de las hogueras. Ya estábamos advertidos, era el fuego que mantendría alejados a los leones. «¿Y si no? ¿Y si las fieras, a pesar de las precauciones y aguijoneadas por el hambre, cruzaban la línea de defensa en busca de carne fresca y joven? ¿Qué quedaría de nosotros?», pensé mientras apretaba el brazo de mi compañero trasmitiéndole mis dudas. Finalmente llegamos a la hondonada, cercada y presidida por un gran baobab.

–¡Arrodillaos! –fue un grito seco, autoritario, al que nadie osaría desobedecer.

–¡Bajad la cabeza! ¡Bajadla más hasta tocar el suelo! –repitió el maestro de ceremonia–. ¡Tapaos los ojos! ¡Quedad inmóviles pase lo que pase!

Sonó el rugido de un león que el silencio de la noche agrandó hasta el infinito. Apreté los ojos y unas lucecitas de colores rodearon las fauces y las garras de la fiera que venía hacia mí; olía la sangre de alguna víctima desgarrada. Al sentir uno y otro rugido acompañados de algunos menos fuertes, me entraron unos temblores que, a duras penas, me permitían conservar la postura de origen. «Son los cachorros que acompañan a sus padres –pensé–; aquí pueden tener un buen entrenamiento hasta que acaben con cada uno de nosotros.» Entonces, abrí un ojo para comprobar la distancia que me separaba del monstruo más cercano, para ver quién había sido la primera presa. No vi nada más que a mis compañeros que seguían inclinados, fieles a las órdenes recibidas. Sentí vergüenza de haber desobedecido y de no tener el valor que mi abuelo esperaba de mí.

–¡De pie! –fue una orden que nos permitió mover nuestro cuerpo, que estaba al borde del entumecimiento.

Los rugidos fueron cada vez más imperceptibles. Las fieras se alejaban. Comprobé cómo en nuestras frentes, a pesar de que la noche era fresca, se mezclaban el sudor y la tierra, señal inequívoca de que el miedo había sido compartido.

–¡Sentaos! –la voz de mando siempre era igual de contundente.

Sentados en círculo, comenzamos a ensayar los cánticos que debían acompañar a la ceremonia. Cuando llegó mi turno, interrumpí el cántico para apretar los labios de tal manera que de mi boca no saliese un lamento.

Durante los días que permanecimos en el bosque a la espera de que cicatrizaran las heridas de la circuncisión, no nos faltó de nada, y los mayores alabaron nuestro valor; habíamos demostrado que ya éramos hombres dispuestos y preparados para cualquier hazaña. De vuelta a nuestra aldea, entramos entonando alegres cánticos.

–Ya eres un hombre, ya puedo morir tranquilo –dijo mi abuelo mientras me abrazaba conteniendo las lágrimas–. Esto lo tenía guardado para ti, ha llegado el momento –continuó emocionado mientras, después de besarla, me colgaba al cuello una bolsita.

–¿Qué es esto, abuelo?

–Son unas plumas de búho; me las ha proporcionado el hechicero de Mango. Esto te protegerá del mal de ojo y de los malos espíritus. Procura no perderlo.

–No te preocupes; lo cuidaré como un tesoro.

Más tarde, por boca de mi abuelo, supe que los leones no eran tales, sino unas tablillas agujereadas en forma de elipse que unos hombres giran valiéndose de una cuerda. Las más grandes imitan el rugido de los animales grandes, y las pequeñas, el de los cachorros. Me hizo prometer que guardaría el secreto como lo habían guardado conmigo.

7. Adiós, abuelo

Desde que volví a Kongle, había dejado de ir a la escuela, pero para no olvidar lo aprendido, pasaba muchas horas con Juan, el antropólogo español. A pesar de ser blanco, era un hombre afable y simpático. En agradecimiento al favor que me había hecho al traerme en su coche desde Poli, yo le ayudé organizar la cabaña que el jefe de la aldea le tenía preparada. Por todo esto llegamos a ser buenos amigos. Se ocupaba de mis lecciones de lectura y escritura, de que no olvidase el francés aprendido y, también, de enseñarme castellano, que era su idioma; siempre decía que yo tenía facilidad para aprender otras lenguas.

Juan se interesaba por conocer nuestras costumbres, nuestras tradiciones. Pasaba ratos con mi abuelo, que era el que más sabía de estas cosas. Tenía un coche maravilloso, un todoterreno, y a veces lo acompañaba a los viajes que hacía a los pueblos de alrededor para traer provisiones y para documentarse bien. Siempre llevaba un bloc de notas donde lo apuntaba todo. Pero lo que más me gustaba era que me contara cosas de España. Él y su familia vivían en la capital, Madrid. Me enseñaba fotos y postales de ciudades como las que yo había visto en la televisión. Me hablaba de cines, de teatros, de música, de ordenadores, de cosas que hacían los chicos de mi edad. Yo me quedaba embobado. «Qué suerte tienen algunos», pensaba. Todo esto me hacía poner más interés en aprender el idioma, por si algún día se presentaba la ocasión de saltar al paraíso.

En cambio, mi abuelo cada día estaba más viejo y apagado. En la casa había poca comida; desde que yo me marché, nadie había cuidado el huerto, y todo nuestro capital eran cuatro cabras, a las que sacaba a pastar cada día. La poca leche que teníamos, la reservaba siempre para el abuelo; pero últimamente no la quería y, si la tomaba, acababa vomitando.

Tenía guardados cinco francos que me regaló Juan una vez que le limpié la cabaña. Desesperado, viendo que mi abuelo se moría, fui a visitar al mejor curandero de la zona.

–¿Qué tienes para pagar? –dijo nada más conocer el objetivo de mi visita.

–Tengo esto –le respondí desatando los nudos del pañuelo donde había guardado las monedas.

–Bien, servirán para pagar el pollo que tendré que sacrificar.

Fue rociando la sangre del ave alrededor de una palangana. Lanzó al agua las entrañas y dejó caer el animal sobre la mesa.

Sin decir palabra y una vez que hubo comprobado los signos, movió la cabeza de un lado a otro en señal de desagrado.

–La cosa está difícil. Voy a consultar la bola.

Sacó una bola de cristal y estuvo un rato mirándola atentamente.

–No puedo ocultarte que tu abuelo está muy mal.

–¿Pero qué tiene? –pregunté angustiado, a punto de llorar.

–Vamos a comprobarlo.

Cogió un tallo de zepto y, mientras lo frotaba con los dedos, recitó una lista de enfermedades.

–Ya lo tenemos, tiene ictericia –era justamente el nombre que estaba pronunciando cuando la planta se rompió–. ¿Qué enemigos tiene? –preguntó.

–Ninguno, es un hombre muy bueno.

–Entonces son los espíritus de los antepasados, que han dejado de protegerlo. Seguro que quieren que se reúna con ellos.

El curandero preparó unas medicinas para curar a mi abuelo que guardé como un tesoro y me marché sin hacer ningún comentario.

Ya era de noche cuando llegué. La casa estaba a oscuras. Me extrañó porque el abuelo siempre encendía el farol.

–¡Abuelo! –grité.

Nadie me respondió; un escalofrío me atravesó de parte a parte. Encendí la luz. Allí estaba, tumbado en el jergón y de cara a la pared. Lo volví hacia mí. Estaba pálido, con los ojos semicerrados y una respiración casi imperceptible.

–Abuelo, estoy aquí, he traído una medicina que te pondrá bueno.

Intentó abrir los ojos pero no pudo. Lo incorporé –estaba tan delgado que pesaba menos que un niño pequeño– y arrimé el frasco de la medicina a sus labios para que bebiera. Intento inútil. El líquido rodó por las comisuras y cayó en su pecho.

–¡Abuelo, no me hagas esto! Tienes que tomarla para ponerte bueno. ¡No me puedes dejar solo! –grité mientras lo zarandeaba.

No me respondía; la respiración se hizo más intensa; jadeaba como si el aire que lo envolvía no fuera suficiente; se ahogaba. Cogí un cartón y lo abaniqué con todas mis fuerzas. Así estuvo un rato hasta que se fue serenando. Insistí con la medicina. Nada. Intentaba mantenerlo incorporado porque me parecía que así estaba más cómodo. Lo apreté contra mi pecho queriendo retener la poca vida que le quedaba. Sin mirarme, sin quejarse, sin hacer nada, dejó de respirar y su cabeza rodó sobre mi hombro a la vez que sus manos caían sobre la manta.

–¡Abuelo! ¡Abuelo! –grité desesperado mientras lo movía, intentando devolverlo a la vida.

Mis gritos alertaron a los vecinos, que acudieron a ver qué pasaba. Allí me encontraron; abrazado a la persona que más había querido y que había muerto dejándome en el más absoluto abandono.

Juan fue a Poli para traer a mi padre y otros vecinos se ocuparon de avisar a otro hijo, mi tío Bronila, que vivía en Mango.

El cadáver fue envuelto en una manta de algodón a la que ataron la piel de dos cabras sacrificadas para este fin. Sería enterrado cerca del lugar donde estaba mi madre. Al día siguiente llegó el herrero acompañado por otros del gremio; cogió el cuerpo y lo depositó en el hoyo. Fue a buscar a los hijos: mi tío y mi padre. Creyó conveniente que yo los acompañase porque había sido como un hijo y ya estaba iniciado. Los tres nos situamos de espaldas alrededor de la sepultura y, tras hacer varias reverencias, nos sentamos de frente. Entonces, levantó parte de la piel que lo cubría para que lo viésemos por última vez. Volvieron a sacarlo y, moviendo al muerto de un lado a otro, se hizo un baile ritual para que su espíritu fuese feliz en la otra vida. El herrero principal se echó tierra sobre los hombros antes de que la sepultura quedase totalmente sellada. Una vecina le entregó un jarro donde, junto con parte de la tierra, estaba el espíritu. Según la tradición, se lo dieron al hijo pequeño, mi tío Bronila, quien hizo la promesa de tutelarlo mientras viviese.

Ya en el poblado, las mujeres emitían gritos desgarradores mientras hacían chocar calabazas secas. El lúgubre sonido del tamtan, que sonó hasta la noche, me traspasó los tímpanos llevándome al mundo de los muertos, a ese mundo en el que ya estaba mi abuelo y al que yo quería unirme con todas mis fuerzas. Odiaba el barullo que me unía a los vivos, y los mayores empezaron a preocuparse de mí porque ni lloraba ni hablaba; tan solo iba de un sitio a otro como un sonámbulo.

Pasados unos días, mi padre me propuso que fuese a vivir con él; pero yo me negué en rotundo. De ninguna manera abandonaría las huellas de mi abuelo. Vendimos las dos cabras que quedaban y me quedé con el dinero para poder vivir por algún tiempo.

Segunda parte

1. Me marcho

Desde que murió mi abuelo, Juan fue mi refugio. Todas las mañanas le traía el agua del pozo –aunque esto era trabajo de mujeres, no me daba vergüenza hacerlo para él–, limpiaba la cabaña y colaboraba en todo lo que podía. A cambio, él me daba comida, me ayudaba a mejorar el castellano y a progresar en otras materias como la lectura, la escritura y el cálculo. Era un maestro excelente; nunca me cansaba de sus clases ni de sus relatos. Llegué incluso a llevar mi jergón a su cabaña.

–Diko –me dijo un día a su regreso de Poli, adonde viajaba con cierta frecuencia–, tengo que marcharme, mi trabajo aquí ha concluido. Ahora iré hacia el sur. Allí están los buscadores de oro y me interesa el tema. De verdad que siento mucho separarme de ti.

La noticia me dejó clavado; nunca imaginé que esto pudiese suceder.

–Llévame contigo –le propuse resuelto después de unos segundos de intenso silencio.

–Mira, Diko –hablaba pausadamente y sabiendo muy bien lo que decía–, mi estancia en estas tierras es algo transitorio; pronto regresaré a Madrid, allí está mi vida. Pertenecemos a dos mundos diferentes. Tú tienes aquí tus raíces, tu familia, eres aún menor para tomar decisiones. Vuelve con tu padre, él te cuidará.

–Eso nunca. Si no quieres que te acompañe me quedaré solo en Kongle, ya me las arreglaré.

–Eres un tozudo, no atiendes a razones; ¿por qué le tienes tanta manía a tu padre? –dijo con cierto tono de reproche.

–Yo sé que no me quiere –solté la frase con voz temblona, mientras un torrente incontenible de lágrimas salía de mis ojos.

–Bueno, hombre, no te pongas así; llegaremos a un acuerdo.

–Mi padre no me comprende, mi madrastra está pendiente de sus hijos, es normal; y yo allí soy un estorbo –pude decir sorbiendo las lágrimas y los mocos.

–Bien; voy a hacerte una propuesta, pero me tienes que prometer que cumplirás lo pactado –dijo después de un momento de reflexión.

–Dime.

–Aunque no te guste, yo no te llevo sin el permiso de tu padre. Antes tendremos que reunirnos los tres y saber su opinión en todo esto. Así que mañana mismo iremos a Poli. Si llegamos a un acuerdo, me acompañas al sur; aún faltan unos meses para mi regreso a España. En este tiempo te ayudaré para que sigas con tu preparación. Conozco una misión en la zona; hablaré a los padres de ti y seguro que te acogerán cuando yo tenga que marcharme. Allí podrás permanecer hasta que seas mayor y decidas qué quieres hacer con tu vida.

–Entonces, ¿no me llevarás contigo a Madrid? –formulé la pregunta en tono de súplica.

–Yo no me puedo hacer cargo de ti; viajo demasiado. Pero, además, las leyes de mi país no permiten la residencia a todo el que quiere. Si alguna vez, cuando seas mayor, sigues empeñado en llegar hasta allí, te pones en contacto conmigo y trataré de ayudarte. Pero eso, ahora, vamos a dejarlo; resolvamos lo inmediato.

–De acuerdo.

Conocidos los proyectos, mi padre no opuso resistencia. Se tomó más interés del que yo esperaba. Quizás había sido demasiado severo al juzgarlo y me tuviese más cariño de lo que yo creía.

Tres camisetas, dos pantalones y unas sandalias eran todo mi equipaje. Pronto lo tuve ordenado en un pequeño hatillo. Aún faltaban dos días. La ansiedad y los nervios me tenían en un estado permanente de vigilia; no dormía. Durante el día andaba despidiéndome de unos y otros; cada uno me daba su consejo, y eso siempre es bueno. Por cierto, cuando le tocó el turno a Gochilé, noté cierta tristeza en sus palabras; quizás no le era tan indiferente como quería demostrar. A mí ella también me gustaba más que ninguna otra, pero en ese momento no había nada que me hiciese renunciar a mi proyecto de aventura y libertad.

Cuando tuve ordenadas las pocas herramientas que mi abuelo había dejado en la cabaña, fui hasta su tumba; aquella fue una despedida especial.

«Abuelo, me marcho. La cabaña la dejo preparada para que tu espíritu se encuentre tranquilo. Espero que él me acompañe siempre y me ayude. Si tú estuvieses no te dejaría, pero aquí no hay nada más que aburrimiento y miseria y, sin ti, me siento muy solo. No te molestes porque abandone nuestra pequeña aldea; siempre estará en mi corazón. Hay otros mundos en los que la gente tiene muchas cosas y es feliz. Juan me quiere, y a su lado me siento seguro. Quiero probar y conocer. Acaricio la bolsita con las plumas de búho y esto me da fuerza. Cuando triunfe y tenga dinero, volveré para contártelo. Mientras, desde donde estés, ayúdame a encontrar el mejor camino.»

Después de esta especie de oración, me sentí más tranquilo. Cogí las flores que el inicio de la estación seca nos brindaba y las deposité en la tumba de los seres a los que más había querido hasta entonces: mi abuelo, Massandé y el espíritu de mi madre.

2. Buscadores de oro

Durante el viaje, disfruté viendo lo grande y variado que es Camerún. Antes de llegar a nuestro destino, atravesamos unas colinas desde donde se divisaba un bosque tan espeso que, a pesar de que yo aún no había visto el mar (solo en las imágenes de la televisión), me pareció un océano verde que seguramente escondía maravillosos tesoros.

El viaje duró varios días. Por las noches, buscábamos un refugio al abrigo de los vientos y allí plantábamos una tienda de campaña pequeñita que Juan siempre llevaba consigo. Antes de que el sueño me rindiese, daba una vuelta y soñaba con el maravilloso mundo que debía de haber detrás de aquellos montes.

–¡Diko! ¡Diko! –me interrumpieron un atardecer los gritos desesperados de mi amigo.

–¡Mira allí, en aquel rincón! –seguía gritando, mientras, con cara de horror, señalaba a un lado de la tienda.

–No pasa nada, tranquilo –dije cuando observé dos alacranes que se retorcían enseñando sus aguijones.

–¡Qué vas a hacer! –me advirtió aterrado mientras yo trataba de aplastarlos con el pie–. Ponte las sandalias, descalzo te pueden clavar el aguijón y serás hombre muerto.

–Estos ya no volverán a clavarlo –comenté mientras le invitaba a que contemplase a los dos enemigos despachurrados.

–Nunca había visto una cosa igual. Eres un bruto, Diko.

–Mi piel no es tan blanda como la tuya –dije riendo al ver la cara de pánico y sorpresa que se le había puesto.

Tuvimos varios controles de la policía, pero en el momento en que Juan decía que íbamos a visitar al obispo de Bertoua, nos daban paso inmediatamente. Todo lo que tenga que ver con las cosas de la religión y del espíritu, en mi país causa mucho respeto. Mi abuelo ya me lo decía. Él no sabía de cristianismo ni de otras religiones, pero me lo advirtió muchas veces: «Diko, debes saber que hay un Ser Superior que lo controla todo; ten respeto por las cosas del más allá; los espíritus pueden hacerte la vida agradable, pero si los enfadas te harán mucho daño».

Bertoua no me gustó demasiado; es parecida a Poli. Pasamos la noche en el edificio que tiene el obispado. No vimos al obispo porque estaba de viaje. Hacía calor y, como había luz, fue una gozada poder tomar una Coca-Cola fría sacada de la nevera. Yo comí un guiso de arroz, que me supo a gloria, junto con algunos que prestaban sus servicios en la casa.

A la mañana siguiente, un religioso que conducía delante de nosotros nos fue indicando el camino hasta que llegamos a nuestro destino: la aldea de Neura (¡menos mal!; solos, nos hubiésemos perdido por aquellos vericuetos). Juan estaba ansioso por inspeccionar el terreno, así que una vez instalados en la cabaña que nos tenían preparada, salimos a corretear.

Llegamos hasta el río Ngabadi, que transcurría silencioso al fondo de un inmenso barranco.

–Míralos –me indicó señalando unos bultos que se movían con parsimonia–; son los buscadores de oro.

Seguimos el cauce del río hasta un asentamiento que se notaba que había sido levantado deprisa y corriendo. En Colomine –ese era su nombre–, las cabañas se apretaban unas con otras como queriendo apoyarse en su miseria y formaban callejas inmundas que iban a dar a una calle principal. Había cuerpos semidesnudos tumbados sobre unas esteras o directamente en el suelo. Mujeres y niños dormitaban apoyados en las casuchas de barro. Nadie se atrevía a buscar refugio en el interior a causa del calor. Algunos nos miraban con insistencia al observar la presencia de un blanco, y noté que Juan se quedó con ganas de entablar conversación, pero se hacía tarde. Regresamos antes de que la noche nos impidiera encontrar el camino de regreso.

Durante los días que permanecimos en Neura, Juan se dedicó a estudiar a los buscadores de oro. Cuando no iba a la ciudad, yo le acompañaba; nos levantábamos muy temprano y con las primeras luces del amanecer buscábamos un lugar desde el que poder observar el trabajo de aquellos hombres.

–Espérame aquí –me dijo en una ocasión–, debo hacer una visita.

Lo vi alejarse hacia la cima del barranco. Como tantos días, me quedé escuchando: el ruido de la arena al caer a través de unas cribas sacudidas por musculosos brazos y los golpes de azadas al chocar en la gravilla, acompañaban a unos susurros que subían desde el desfiladero amortiguados por los sones monótonos de unos cánticos que iban desde el dolor a la rabia contenida. Me di cuenta de que el duro trabajo de esas gentes era distinto del de mis paisanos del norte, aunque todos coincidían en su vida miserable. Uno de los hombres interrumpió la labor; en la palma de su mano brillaba un polvo dorado que envolvió con sumo cuidado. Haciendo un esfuerzo, subió la empinada cuesta que nos separaba.

–Hoy he tenido suerte –dijo al llegar a mi altura–; esto es oro, chaval. Llevo trabajando casi un mes para conseguir estos granos. La mayor parte de la arena está maldita, ya no queda nada.

Me alegré de su hallazgo y le deseé suerte. Vi cómo tomaba la misma ruta que Juan; lo seguí. En la cima de un barranco, al pie de unas colinas, unos señores ataviados con impecables turbantes blancos reposaban en las puertas de unas tiendas instaladas con todo lujo bajo la sombra de un bosque de palmeras y mangos. El buscador de oro se dirigió a uno de ellos y le ofreció la preciada mercancía. El señor del turbante la miró displicente y se la guardó bajo su túnica después de dar unas monedas al vendedor.

Cuando Juan regresó era casi mediodía. El sol castigaba con todo su poder. Buscamos el alivio que nos daba la sombra de una palmera.

–Vamos a descansar un rato –propuso en tono cariñoso–; hace un calor que casi impide respirar.

–Es verdad –dije por todo comentario.

–Te encuentro serio, ¿te ocurre algo?

–No, nada en especial –la verdad era que no sabía o no podía expresar lo que sentía. Era el dolor que hincaba sus raíces en mi impuesta orfandad.

–Mira, Diko, creo que me porto bien contigo. Si tienes alguna queja, me lo dices; es mejor aclarar las cosas.

–No tengo ninguna queja; eres bueno y te estoy agradecido por lo que haces; pero no sé explicarlo, a veces me siento solo –no quise seguir porque la voz comenzó a temblarme.

–Es normal, tienes edad de estar con tus padres. Yo nunca podré sustituirlos.

–Claro. Llevas razón.

–Bueno, hombre, no quiero verte triste. Estos días te tengo un poco abandonado.

–¿Por qué tienes que viajar tantas veces hasta Bertoua? –pregunté con cierto tono de reproche.

–Yo aquí no estoy haciendo turismo. Me paga una empresa que espera mis informes. Por eso tengo que ir hasta la ciudad. Aquí no hay medios para enviarlos. Si quieres, la próxima vez puedes acompañarme. En la misión que hay cerca del obispado podrás relacionarte con chicos de tu edad, reanudar tus clases, que están un poco abandonadas, o ver la televisión. Así te irás familiarizando para cuando tengas que quedarte con ellos.

Me estremecía la posibilidad de separarme de él. Pero, claro, no podía pedir más; eso era lo pactado.

–Definitivamente no me llevas; me quedo –con un tono de tristeza traté de ablandar su corazón.

–Diko, ya te he explicado que no puedo. Mi vida es un ir y venir de un lado a otro. Eres menor. Las leyes de inmigración de mi país no lo permiten. Comienza a tomar clases de inglés, prepárate todo lo que puedas y, cuando tengas la mayoría de edad, te buscaré un trabajo, te mandaré los papeles y, entonces, ya podrás ir legalmente.

–Pero para eso aún falta mucho; calculo que ahora tendré unos trece años.

–Pues entonces todavía te faltan cinco. No te preocupes, que yo lo arreglaré todo. Venga, hombre, no pongas esa cara. Tú eres fuerte –cambió de tono–. Lo malo serán los zapatos –comentó bromeando y haciendo alusión a mi negativa a usar sandalias.

–Me he fijado en que la mayoría de los chicos de mi edad llevan deportivos.

–Bien, cuando vayamos a la ciudad te compraré unos para que te vayas acostumbrando.

–Eres muy bueno conmigo.

–No creas, solo trato de ayudar a un joven cabezota.

–Me gustaría ser tu hijo –me quedé pensativo–. ¿Tienes alguno en España?

–No, ya te he dicho que, mientras lleve esta vida viajera, es imposible.

–¿Tienes un mapa? –pregunté aprovechando el momento de sinceridad que ambos estábamos viviendo–. Quiero hacerme una idea de dónde estamos y dónde está tu país.

–En el coche tengo uno. Voy a por él. ¡Cómo no se me había ocurrido antes!

Mientras se alejaba unos metros, miré a aquel hombre blanco, alto, joven en su madurez y que nada tenía que ver con esa imagen perversa que me había formado en mi infancia.

–Mira –dijo después de desplegar el mapa–; nosotros estamos aquí, esto es Europa y esto es España. Como ves, es el país más cercano a África.

–Esto es Madrid –comenté leyendo en el centro un punto destacado.

–Efectivamente. Es la capital.

–Hay que atravesar muchos países antes de llegar.

–Sí, lo mejor es el avión.

–Tiene que ser alucinante volar en uno de esos aparatos. Lo primero que me gustaría tener es un teléfono móvil, una moto y, cuando pasen unos años, un coche –comenté dando rienda suelta a mis sueños.

–Para, muchacho, no vayas tan rápido. Allí nadie regala nada. No creas que es tan fácil tener todo eso.

–No me importa. Yo lo conseguiré. Aquí ya ves que no hay esperanzas para nadie. ¿Has visto a esos pobres buscadores de oro?

–Eres muy observador; llevas razón. Las arenas están muy lavadas y tienen que trabajar duro para sacar unos granos por los que les pagan una miseria. Los que verdaderamente se enriquecen son los señores de los turbantes.

–Sí, me lo imagino.

–He quedado con ellos en volver; han sido muy amables. La próxima vez me acompañarás, ¿vale?

–De acuerdo. ¿Puedo quedarme con el mapa?

–¿Para qué lo quieres?

–Para mirarlo de vez en cuando y, así, aprender bien los países que me separan del tuyo.

–Bien, tengo otro, así que es para ti.

–Gracias.

Con gran cuidado lo puse junto a las plumas de búho que me dio mi abuelo. Ambas cosas me servirían de talismán.

El nudo de dolor comenzó a aflojarse. La palmera apenas nos protegía del fuego que nos enviaba el cielo. Decidimos regresar a la cabaña.

3. Hasta pronto, Juan

Juan cumplió su promesa y lo acompañé en sus visitas a los compradores de oro. Eran de diversos sitios: de Níger, de N'Djamena, de Nubia, de Monrovia. Hablaban de sus cosas, comentaban los incidentes del negocio, siempre quejándose de que ya no se ganaba como antes. La verdad era que, una vez satisfecha la curiosidad del principio, aquello me resultaba un poco aburrido. Pero un día, el señor Ibrahim, de Monrovia, se interesó por mí. Se apartó del grupo de sus interlocutores, se dirigió hacia el rincón donde yo estaba y, con amabilidad, me preguntó mi nombre, de dónde era, qué hacía allí y otros detalles de mi vida. Me sorprendió y me sentí halagado por el interés hacia mi persona de quien parecía ser un gran señor. Desde entonces, siempre me saludaba y yo procuraba responderle con la misma amabilidad.

–He visto que te desenvuelves en francés; según tu amo, hablas también castellano. ¿Qué tal el inglés? –me preguntó.

–Juan no es mi amo, es mi amigo, y no domino el inglés, hace poco que lo estudio –respondí en un tono algo molesto por haberme confundido con un esclavo.

–Eso está bien –continuó sin haber captado mi tono de reproche–, el inglés es el idioma del futuro. Si te aplicas, yo podré hacer de ti un hombre importante y con mucho dinero.

–¿De qué forma? –pregunté sin salir de mi asombro.

–Eso ya lo sabrás en su momento. Si te digo esto es porque me he dado cuenta de que tú no eres como esos chicos brutos que no saben nada más que gandulear. Tú estás llamado a hacer grandes cosas. Solo tienes que confiar en mí.

–Desde ahora procuraré tomarme más interés por el inglés, si es esa la condición.

–Esa y, también, tener una fe ciega en seguir mis instrucciones.

–De acuerdo, señor –dije con el mayor respeto.

De momento, ahí quedó todo, porque cuando se lo comenté a Juan, puso mala cara y, como único comentario, dijo:

–No te fíes, todos son unos explotadores. Tú sigue el plan que hemos trazado y no te arrepentirás.

Me llevé un gran disgusto el día que Juan me comunicó que tenía que partir inmediatamente para España. Su madre estaba enferma y debía acudir a su lado.

Recogimos todo y nos marchamos a Bertoua. Me instalé en la misión, como habíamos convenido, y la noche anterior a la despedida la pasé llorando.

–Diko, no lo hagas más difícil. Guarda bien mi número de teléfono. Confía; pronto, aquí o allí, nos encontraremos –dijo mientras me abrazaba y se mezclaban nuestras lágrimas–. Escríbeme, prometo contestarte.

Lo vi alejarse en el coche que lo trasladaba al aeropuerto. Quedé clavado hasta que el padre Paúl me hizo reaccionar:

–No temas, aquí no estarás mal; entre todos haremos de ti un hombre de provecho.

Me instalaron en un cuartucho que compartía con Mikolo, el cocinero, un hombrón grande y cariñoso que, según me contaba, había llegado de muy niño a la misión. Sus padres habían muerto en una de esas revueltas tribales que se organizan de vez en cuando; al quedarse solo, los padres lo recogieron y le enseñaron el oficio.

–Tú pégate a mí y aprende bien, porque al cocinero nunca le falta la comida –acompañaba sus comentarios con una risotada bonachona.

Le hice caso: lo ayudaba como pinche y limpiaba después de cada comida. Era una forma de pagar mi estancia. Para eso tenía que madrugar, porque a la hora de la escuela abandonaba el trabajo.

A clase acudían chicos de los alrededores; algunos caminaban más de dos horas sin que les desanimaran los calores ni los fangos del camino. El barracón donde aprendíamos era destartalado y feo; la mugrienta cortina que tapaba la puerta dejaba pasar los salpicones de la lluvia o los achicharrantes rayos de sol, según fuera la estación. El maestro era un bamileke y, como todos los de su tribu, orgulloso y engreído. Demostraba una especial predilección por los de su etnia, así que desde el principio supe que no nos llevaríamos bien. Mi malestar se vio aumentado por la relación con mi compañero de mesa, también bamileke; desde que se enteró de que yo era dowayo del norte, no paraba de humillarme. No podía soportar que un bruto del norte, según él, dominase el castellano. Además, pronto empecé a destacar también en inglés, y su envidia aumentó.

Había noches en que los recuerdos, las soledades, las añoranzas y los ronquidos de Mikolo me desvelaban. Nunca he sido amigo de broncas y peleas, pero me conozco y sé que el que me busca, me encuentra. Recordé el incidente con los fulani de Poli. Entonces éramos más pequeños y la cosa no llegó a mayores, pero ahora, si había pelea, podía ser grave. Esta situación me hizo recordar la misteriosa oferta de Ibrahim, el señor del turbante, y desoyendo los consejos de Juan, me marché en su busca. Estaba tan decidido que no quise despedirme de nadie porque temía que me persuadieran para que me quedase.

Cuando llegué al campamento de los señores del oro, Ibrahim me saludó sin ninguna sorpresa; parecía que me esperaba.

–Muchacho, veo que eres inteligente al tomar esta decisión –me dijo con la mayor indiferencia–. Desde ahora estarás a mi servicio. Te ocuparás, con los otros criados, de limpiar la tienda, preparar la comida y, por las tardes, después de la oración, me acompañarás con el quitasol para protegerme de los rayos. A cambio, yo te mantendré bien alimentado y procuraré que avances en tu conocimiento del inglés.

–Pero esto no es lo que usted me prometió –dije un poco desilusionado.

–Calma, chico. No he dicho que esto sea para siempre. Tu verdadero trabajo comenzará cuando vayamos a Liberia, donde tengo mi negocio. Falta poco para que esto ocurra, así que más te vale que obedezcas sin rechistar.

La cosa comenzó a no gustarme, pero estaba impaciente por lo que pudiese venir.

4. Mi amigo Hubert

Una mañana oímos un bramido muy lejano, como el redoble de un inmenso tambor, al tiempo que el viento fresco levantaba remolinos de arena que se metían en los ojos. Todo anunciaba la estación de lluvias, que este año se adelantaba unas semanas y, por tanto, no era aconsejable ponerse en marcha. El señor Ibrahim nos comunicó a toda la servidumbre que el viaje hacia Liberia se demoraba hasta que las condiciones meteorológicas fuesen favorables. Si bien es verdad que la mayor parte se haría por mar, hasta llegar al puerto de Douala, había kilómetros de carreteras intransitables.

Me llevé un gran disgusto porque mi impaciencia por cambiar de vida no iba bien con la monotonía. No es que el trabajo fuese duro; teníamos un amo exigente, pero entre todos compartíamos órdenes y el esfuerzo no era gran cosa. Los dos más jóvenes de la servidumbre éramos Hubert y yo. Desde el principio y, dado el aburrimiento del ambiente, intenté hacerme su amigo, pero él rehuía toda compañía. Era un solitario; fumaba hachís, masticaba hierba y apenas hablaba con nadie. Siempre parecía rumiar los recuerdos. Compartíamos jergón y por las noches, soñaba y daba unos gritos que nunca entendí, pero que me hacían estremecer. Entonces, me abandonaba el sueño y me venían las angustias: ¿cuál sería nuestro cometido en Liberia?; nadie hablaba de ello. Los mayores decían que no sabían nada y el señor Ibrahim era inabordable. Una vez que me atreví a preguntar, me tumbó de un bofetón: «Si no confías en mí, ya puedes marcharte», fue su respuesta.

Con las lluvias, el amo salía menos y se pasaba parte del día reunido con otros hombres importantes. Sin previo acuerdo, Hubert y yo salíamos para merodear por los caminos enfangados. No nos importaba la lluvia ni el barro, necesitábamos quemar energías para calmar los nervios. Así empezó nuestra amistad.

–¿Crees que soy un poco raro? –me preguntó un día después de escuchar mi historia y saber cómo había llegado hasta allí.

–Un poco, sí –respondí con toda sinceridad.

–Mi vida es una tragedia. Soy un asesino.

–A mí me pareces buena persona –dije después de unos minutos de silencio que me hicieron digerir esa confesión tan inesperada.

–Siempre fui bueno hasta que no pude más.

–Si quieres, puedes contármelo todo. Quizás te sirva de desahogo; para eso están los amigos –comenté observando que deseaba abrir su corazón angustiado.

–Nunca tuve amigos. Te contaré los hechos sin decirte dónde ocurrieron: soy de un lugar muy lejano. Cuando hayas sabido todo, comprenderás que no quiera desvelar mi origen; Hubert tampoco es mi verdadero nombre.

–Tú cuéntame lo que quieras y ten la seguridad de que sabré guardar el secreto.

–No tengo hermanos, soy hijo único. Mi madre es una santa, pero mi padre no nos respetaba ni a ella ni a mí. Trabajaba como obrero y como guardián de una tienda. Todos los días llegaba a casa harto de vino de palma y güisqui. Desde pequeño nunca supe lo que era una caricia suya; solo gritos y golpes. Un día, como tantos otros, le oímos llegar borracho como una cuba y de su boca no salían sino insultos y blasfemias. Mi madre, aterrada, me apretó a su cuerpo y los dos nos escondimos en un rincón de la cocina. Al no encontrarnos, aún se puso más furioso. Cuando, después de un registro, nos encontró, cogió una olla y la lanzó contra la cabeza de mi madre, que empezó a sangrar. Iban a seguir los golpes y entonces yo, sin saber lo que hacía, le hinqué un cuchillo de cocina en el vientre. A duras penas salió por la puerta. El alcohol y la cuchillada le hicieron caer. Acudieron los vecinos, que nada pudieron hacer. Murió desangrado. Yo, durante toda la escena, me mantuve quieto, impasible, como embrujado; empuñando el cuchillo que me delataba como el autor del crimen. Mi madre, aún con su herida abierta, me gritó desesperada: «¡Corre, márchate lejos y no vuelvas!». Ella sabía el castigo que me esperaba como asesino de mi padre.

Hubert calló; una ráfaga de aire fresco vino a aliviar la tensión del momento.

–No dejo de pensar en mi madre; ella sí me quería y no sé si volveré a verla. Eso es lo que más me entristece –continuó, queriendo vaciar su corazón–. De cómo he llegado hasta aquí, sería largo de contar. He pasado hambre y frío, y me he visto obligado a robar para poder subsistir. Por eso me tiro al hachís; es como si me apartara de la realidad. Ahora que ya lo sabes todo –concluyó–, no sé si querrás seguir siendo mi amigo.

–¡Chócala! –le dije buscando su mano. Durante unos minutos no me salían las palabras; no sabía cómo decirle que lo apoyaba y lo entendía. Él, más relajado después de mi gesto, esbozó una sonrisa agradeciendo mi comprensión. Más tarde, traté de hacerle ver que no era un asesino y que lo que hizo fue fruto de la desesperación que, a veces, nos nubla la mente.

La noche nos sorprendió de improviso. Cuando llegamos a la tienda nos esperaba una gran regañina por no haber estado allí para ayudar a la preparación de la cena. La reprimenda valió la pena porque ambos habíamos vivido el principio de una gran amistad.

5. Makumba y el viaje

La partida era inminente. Por fin cambiábamos el tedio por la aventura. Todos nos afanábamos en recoger, embalar, colocar de tal manera... El trajín era grande y los nervios, al menos los míos, estaban a flor de piel. Los fangos habían descendido y, después del trabajo, a Hubert y a mí nos permitían alejarnos y perdernos en medio de la sabana. Nos gustaba poner nombres a cada uno de los milenarios baobabs: el búho, el elefante, la muerte, el brujo..., según fueran sus caprichosas formas.

Aunque estábamos acostumbrados a los ruidos de la noche, aquel día todo fue distinto. No, no se trataba del vuelo de una lechuza o del chillido de un murciélago; era un ruido persistente, acompasado. Mirándonos, los dos acordamos permanecer quietos, conteniendo la respiración. Tras unos minutos así, ya no dudamos: era un quejido, un llanto humano. Con un gesto, Hubert señaló la posible dirección que podíamos seguir para descubrir de qué o de quién se trataba. Era noche de luna llena. A medida que seguíamos la pista, el misterio se fue desvaneciendo: descubrimos a una joven que, escondida en el hueco de un árbol, temblaba y gemía. Al observar nuestra presencia, salió corriendo presa de espanto.

–¡Espera! ¡No vamos a hacerte daño! –le grité.

Aminoró el paso y pudimos darle alcance.

–¿Qué te pasa? ¿Por qué huyes? ¿Podemos ayudarte? –Hubert y yo intercalábamos las preguntas.

–Soy de Bertoua y mi padre me quiere matar –dijo asustada.

–Pero... ¿qué has hecho? –le pregunté.

–Me ha prometido en matrimonio a un hombre rico, ha pagado por mí muchas vacas y mucho dinero. Mi padre dice que es la solución para que toda la familia salga de la miseria, pero yo no lo quiero –aquí redobló la intensidad del llanto. La dejamos. Poco a poco se fue serenando.

–Pero me parece exagerado creer que tu padre te matará –comenté.

–No lo conocéis, quizás no me mate, pero sí me dará una buena paliza. Tengo que seguir huyendo para que no me encuentre. ¡No, no quiero casarme! –gritó.

Hubert no decía nada, supongo que estaba tan sorprendido como yo e intentaba alguna fórmula para ayudar a aquella desgraciada. Después de unos minutos de mirarnos los tres, por fin creí tener la solución.

–Pasado mañana partimos hacia Liberia, trabajamos para un señor muy poderoso; tiene muchos criados, tantos que casi no los conoce y de algunos no sabe sus nombres. Podemos traerte ropas de chico y cortarte el pelo; seguro que, mezclada entre todos, pasarás desapercibida. Lo que nos espere en aquel país es un misterio, pero si llegas hasta allí, por lo menos estarás a salvo de tu padre.

–Me parece bien –dijo sin pensarlo ni un momento–, seguiré escondida y mañana, más o menos a esta hora, estaré por aquí.

–Si vamos a ser compañeros, debemos presentarnos –comentó Hubert.

–Me llamo Makumba –dijo después de oír nuestros nombres.

Unimos las manos para sellar el acuerdo.

Todo había quedado listo la noche anterior. El sol salió de golpe como una inmensa bola impulsada hacia arriba por la fuerza de un monstruo. Se fue acercando hasta nosotros y envolvió a toda la comitiva. Después de la primera oración de la mañana de cara a La Meca, nos pusimos en marcha. El señor Ibrahim y sus más directos colaboradores viajaban delante, en dos cómodos todoterrenos. Hacinados en una furgoneta vieja y abollada, íbamos los demás. Hubo que dejar las puertas abiertas para ampliar la capacidad del vehículo; unas veinte personas se amontonaban donde debía haber diez como máximo.

Tal y como esperamos, entre tanto barullo, la presencia de Makumba –decidimos llamarla Kumba, era un nombre más ambiguo– ni se notó. Fui yo el que le cortó el pelo y, a pesar de mi mal oficio, la verdad es que estaba guapa con su atuendo de muchacho. No se separaba de nosotros. Como subimos los últimos a la furgoneta, nos sentamos en el suelo de la parte trasera con los pies colgando hacia el exterior. La posición era peligrosa, porque en cualquier traqueteo o salto podíamos caer, pero, en cambio, nos permitía respirar un aire menos fétido y denso que el del interior, y nuestros jóvenes pulmones podían soportar las bocanadas de tierra que tragábamos a causa de la nube de polvo que levantaba aquel horrible trasto.

En las proximidades de Minta decidieron dar un respiro a los motores, que entre el calor y los baches estaban a punto de reventar. El descanso nos vino bien; nosotros estábamos peor que los coches, pero eso no tenía importancia para nadie.

Al fin llegamos a Douala. La vista del mar me sobrecogió. Su inmensidad me trajo el recuerdo de aquellos bosques verdes que atravesé con mi amigo español. Nuestro barco era el *Yaundé*. Se embarcaba por una rampa de tablones una vez que los bultos habían sido acomodados en la zona de carga. A la cabeza, el señor Ibrahim y los importantes; detrás, en absoluta jerarquía, todos los demás. Permanecimos en cubierta; el sol caminaba hacia su refugio de la noche, pero aún nos permitió ver, desde nuestro puesto de viajeros, a multitud de pescadores descalzos y con el cuerpo cubierto de harapos que, desde sus lanchas, observaban el barco que se alejaba del puerto. Al arrancar los motores, una lluvia de carbonilla negra nos produjo tos seca y lagrimeo de ojos. Permanecimos allí hasta que la tierra se convirtió en una línea en el horizonte.

Bajamos a lo que sería nuestro alojamiento durante dos días: una caverna inmunda compartida con otras diez personas; era la tercera categoría. Parte del servicio más cualificado ocupaba la segunda, que era también un zulo pestilente pero que, al menos, tenía dos ventanucos y unas literas. Solo en la primera, que ocupaban los señores, cerca de la cubierta, se podría respirar un poco de aire fresco. La gente iba y venía por las escaleras de forma incesante. Cualquier rincón era aprovechado para encender fuego y preparar comida. Algunas madres mostraban los pechos para juguete y alimento de sus bebés. Sobre la cubierta, mujeres y hombres tumbados formaban una alfombra prominente y multicolor que había que sortear para pasar de un lado a otro.

A pesar del cansancio, no pude dormir. Kumba había dejado caer su inseparable palito de los dientes –siempre lo llevaba en la boca para mantenerlos blancos– y dormía tranquila. Al mirarla tan bonita me sentí atraído por ella y me juré a mí mismo que la protegería pasara lo que pasara. Saqué la linterna, regalo de mi amigo Juan, y miré el mapa. Comprobé que el barco me aproximaba a lo que, en realidad, era mi destino final: España.

6. Niños soldados

En una ocasión me dijo Juan que cuando tú sientes afecto por una persona, esta también lo siente por ti, y al contrario, si no te gusta, tú tampoco le gustas a ella. A esto lo llamaba mi amigo sentimientos recíprocos. Eso me pasaba con Kumba. Yo sentía hacia ella una atracción y una ternura especial, y ella me prefería a Hubert.

Poco antes de desembarcar, Boubker, que era el segundo después del señor Ibrahim, se puso a dar órdenes.

–Tengo miedo –me susurró Kumba–, no entiendo nada; yo no sé inglés.

–No te preocupes. Está dando órdenes de cómo debemos bajar del barco. Dice que nosotros seremos los últimos.

–¿Nos venderán como esclavos?

–No creo, pero debemos estar atentos por si tenemos que huir.

Nada más traspasar el puente de tablas que nos unía a

la tierra, recibí un bofetón de un viento cálido y seco. Era el harmatán; de vez en cuando castiga las costas atlánticas.

–¿Dónde están los niños? –gritó un hombre grandote enseñando unos enormes dientes blancos en su cara de ébano.

Boubker nos acompañó y nos hizo subir a una furgoneta mucho mejor que la que nos había llevado hasta Douala. Estaba llena de niños de nuestra edad más o menos, aunque algunos parecían más pequeños, de unos diez años. Acomodados en nuestros asientos, pude observar que también había niñas.

–Fíjate –le comenté a Kumba–, aquí no tendrás que disimular, podrás manifestarte como lo que eres: una mujer.

–No, seguiré disfrazada de chico; me podrían separar de ti y no quiero.

Le apreté la mano para agradecer su confianza.

Mientras el hombrón de los dientes blancos conducía el vehículo, todos los niños buscábamos un hueco para pegar la nariz en el cristal y observar el ignorado mundo de fuera. Las calles de Monrovia son kilométricas; desembocan unas en otras y están bordeadas por casas de hojalata y cinc ondulado, con unos agujeros que imitan ventanucos y una cortina de tela que tapa la puerta. Como en esas casas-horno no se puede vivir, todos estaban fuera guisando, charlando, dormitando o rascándose las ampollas que les producen las picaduras de los mosquitos y las arañas.

–¡Chicos, esto es Carrey Street! –gritó el conductor al entrar en una zona de mejores viviendas: hoteles, mansiones con jardines... Ese lujo contrastaba con el abandono que reflejaban muchos jóvenes que, ociosos, apoyados en las paredes, parecían esperar a un mago que los sacara de su miseria. De un hotel salió un hombre blanco que inmediatamente fue rodeado por un grupo de niños que, al moverse, agitaban una nube de moscas. Algunos mutilados estiraban sus pequeños muñones mendigando una limosna del afortunado turista.

–Me dan pena esos niños –les comenté a mis inseparables compañeros de viaje.

–Nunca he visto tanto niño lisiado –dijo Kumba con cara de pena–. ¡Qué será de nosotros!

–Ya veremos, pero no sufras por lo que pueda venir.

A la salida de la ciudad el coche se paró. Esperó a que llegasen dos furgonetas. Por más que miré, no pude distinguir cuál era su carga. Los tres vehículos se pusieron en marcha precedidos de cuatro motoristas que llevaban como paquete a unos niños con uniformes militares. Nosotros íbamos los últimos de la caravana.

–Ya sé cuál es nuestro destino –me susurró Hubert, que no había despegado los labios desde mucho antes de desembarcar–, nos convertirán en soldados.

–¿Y eso es malo? –pregunté.

–No sé, yo he oído que se come bien y que te dan todo el hachís que necesitas.

La intranquilidad, la inseguridad, el miedo y el sofocante calor, nos hacían sudar la gota gorda. Añoraba la herrumbrosa lata que nos había llevado hasta Douala. Al menos allí, aunque envueltos en polvo, disfrutábamos de alguna bocanada de aire fresco. La comitiva seguía tratando de esquivar los hoyos del camino y dando unos inmensos saltos que nos lanzaban a unos sobre otros cuando no conseguía su objetivo. Por fin cogimos un carril de tierra que nos internó en la selva. La vegetación se fue haciendo cada vez más espesa. Desaparecieron los saltos bruscos; un traqueteo de ritmo monocorde me hizo entrar en una especie de sopor como la más dulce de las nanas. Unos gritos desesperados rompieron mi embeleso. Abrí los ojos e intenté buscar un hueco en el cristal, donde se agolpaban todos mis compañeros, ansiosos por saber lo que pasaba.

–¡Alto! ¡Alto! –un niño vestido con ropas de militar trataba de parar al convoy mientras agitaba un arma con los brazos hacia arriba.

–¡Alto! –seguía gritando.

El primer motorista abandonó la moto y, sin mediar palabra, lo abatió con una ráfaga de metralla; el niño saltó por los aires y cayó al suelo. Con una pasmosa rapidez salieron los ocupantes de las primeras furgonetas, jovencísimos guerreros, apuntando con sus armas a una legión de soldaditos que salieron de la maleza como por arte de magia, como si el ruido de la metralla hubiese sido el reclamo de una siniestra campana. Parecía que jugaban a la guerra.

–¡Echaos al suelo! –nos gritó el conductor y, en aquel momento, nuestro jefe.

Aterrados, obedecimos la orden. Alguno comenzó a llorar.

–¡Calla! –gritó el hombre grandote–; si no salís, no os pasará nada.

Hecho un ovillo, tratando de proteger la cabeza con los brazos, escuchaba el estruendo de los disparos que se mezclaba con los lamentos y los alaridos. Nunca había oído nada igual. Pasados unos instantes, busqué a Kumba, que lloraba de una forma convulsiva.

–Tranquila, todo pasará –traté de trasmitirle un valor que yo no tenía.

Al fin todo quedó en silencio. Poco a poco nos fuimos incorporando y, a través de los cristales, pudimos ver muertos, muchos muertos; sangre, mucha sangre; muerte esparcida sin orden ni concierto; ojos abiertos, desorbitados, mirando al cielo, preguntando por qué a ese Alá al que rezaban cada día. Los niños vivos ayudaron a los motoristas a recoger las armas de los niños muertos. Allí quedaron para pasto de los buitres.

Tras varias horas de camino llegamos al campamento. Según nos informaron, estábamos cerca de la ciudad de Sanniquellie. Para marcar los límites había calaveras pinchadas en unos palos. Los niños que estaban de guardia hicieron el saludo militar ante nuestros acompañantes. Pasamos a unos barracones donde comimos algo. Luego nos indicaron dónde debíamos dormir. Eran grandes naves y, sobre el suelo, había un bulto para cada uno. Una alfombrilla que serviría para los rezos y para dormir envolvía el uniforme y las botas. Nos apremiaron para que abandonásemos nuestra indumentaria de civiles y nos pusiésemos la ropa militar. No pude evitar la risa al vernos de esa forma. Nos sobraba tela por todas partes. Para no pisarlo, teníamos que doblar el pantalón hacia arriba; también teníamos que doblar las mangas para que se nos vieran las manos. Menos mal que las botas se me ajustaron bien. Pronto nos reunimos en medio del campamento.

–Soy el coronel Wurada –el que hablaba en voz muy alta y con gran autoridad, era un hombre con pelo rapado, frente prominente, ojos pequeños, nariz más aplastada de lo que corresponde a nuestra raza, alto, ancho y, sobre todo, con unas manazas que daban miedo–. Tenéis el honor de haber ingresado en nuestro ejército; ya no sois unos niños vagabundos que no tienen dónde ir ni qué comer. Agradeced a Alá que os haya puesto en nuestro camino. Sois de distintas tribus: mandingas, bambaras, gueré...; no importa. Vais a servir a la noble causa del señor Hela Abdel, que es generoso y magnánimo, y que quiere lo mejor para todos y para este país, que está lleno de bandoleros, ladrones y gente de mal vivir que desea hundirnos. El enemigo está por todas partes, aparece cuando menos se lo espera. Durante el camino, habéis sido testigos de la forma en que se presenta. No hay que tener miedo ni piedad. Seréis bien entrenados en el manejo de las armas para que, llegado el caso, no dudéis en disparar y acabar con la plaga. El más valiente siempre será recompensado. Muchos de vosotros ya estáis iniciados en el hachís, aquí no os faltará; y los que no lo estáis, debéis habituaros a toda sustancia que dé valor y quite el miedo. Ahora os daremos a cada uno un fusil Kaláshnikov. Dormid con él; no lo abandonéis en ningún momento de vuestra vida. Hay que estar siempre dispuesto a disparar; nunca se sabe cuándo ni cómo se puede presentar el enemigo.

–¡Por Alá! –gritó para rematar su discurso, levantando el Kaláshnikov hacia el cielo.

–¡Por Alá! –respondieron los demás. Yo me callé porque no profeso esa religión.

Ya en el interior del barracón, una nube de humo de hachís me invadió; intenté ponerme a la altura, pero a las primeras bocanadas tuve que salir a vomitar. Finalmente, estaba tan cansado que el sueño me venció sin darme tiempo a pensar en todo lo sucedido.

7. ¿Por qué Makumba?

Que me perdonen si no cuento todo lo que viví durante esta etapa de mi vida, pero muchos recuerdos me vienen envueltos en una especie de nebulosa. No sé si la memoria se niega a reproducir ciertas imágenes o si casi todo lo ocurrido entonces lo viví bajo los efectos del hachís y de otras drogas que nos daban; porque en realidad íbamos de un sitio a otro como zombis y nuestra voluntad estaba en manos de los dirigentes, que así nos manejaban a su antojo. Y no digo esto para eludir mi culpa. El gran Dios me juzgará como Él crea oportuno; y los espíritus de mis antepasados, sobre todo el de mi abuelo y el de mi madre, seguramente me castigarán por mis crímenes. Sí, así como suena, por mis crímenes, mis robos y toda clase de tropelías. Allí no había escapatoria: o cumplías como un valiente soldado, y eso suponía obedecer las órdenes a rajatabla, o te aplicaban los mayores castigos. Además, te mantenían mientras servías sus intereses; de lo contrario, te abandonaban. He visto a niños enfermos con malaria o mutilados a causa de la guerra, tirados en cualquier camino. Así he podido comprender por qué en Liberia hay tantos niños lisiados que tienen que vivir del robo y la rapiña. Solo contaré algunas hazañas para que el lector se haga una leve idea de lo que es aquel infierno y la terrible situación que me hizo huir.

Después de la llegada, los primeros días fueron solo de entrenamiento; muy pronto comprendimos el manejo del Kaláshnikov. Era demasiado grande para nuestros infantiles cuerpos, pesaba mucho y lo más difícil era mantenerlo en posición, apuntando al objetivo, mientras disparábamos. Nos exigían una fuerza de hombres que aún no éramos. Me sorprendió el valor con que Kumba afrontó todo. No sé cómo lo conseguía, pero manejaba el arma con más destreza que muchos de nosotros. Cuando había que atacar y disparar, era una fiera. «Yo valgo tanto como cualquiera de vosotros; los chicos os creéis los mejores y tengo que demostrar que no es cierto», me dijo un día que mostré mi sorpresa. «¡Vaya un carácter! –pensé–; no me extraña que no quiera aceptar el matrimonio que le impone su padre.» Eso me hizo profesarle mayor admiración. Estaba entre los chicos como uno más. Solo Hubert y yo conocíamos el secreto. El principal problema llegaba cuando nos obligaban a bañarnos en algún río; entonces, los dos amigos nos poníamos de acuerdo para buscarle un rincón solitario donde pudiera asearse sin desvelar su condición de mujer.

Todos los componentes de aquel ejército infantil éramos desheredados de la vida. Unos eran niños abandonados, arrojados de sus casas ante la imposibilidad de mantenerlos; otros eran huérfanos, porque sus padres habían muerto a manos de la guerrilla de alguno de los muchos ejércitos que había en aquel país, como el nuestro, que estaba al servicio de un poderoso señor que se dedicaba al tráfico de oro y de piedras preciosas. Mi mejor amigo, aparte de Hubert y Kumba, era Balla, algo más pequeño que nosotros –tendría, según calculaba, unos doce años–, de la tribu de los fang de Gabón. No me resisto a contar su historia. Tenía un hermano gemelo. Al nacer los pequeños, el padre de Balla reaccionó como si le hubiera ocurrido una terrible desgracia. Consultaron a los ancianos y al brujo, y todos estuvieron de acuerdo en que los gemelos eran de distinto padre. Su madre fue repudiada y, antes de que pudiesen aplicarle un terrible castigo, huyó, dejando abandonados a los hijos. Uno de ellos, al no ser atendido por nadie, murió deshidratado; al otro, Balla, lo recogió una mujer mayor que no había tenido hijos. Con ella creció hasta que un día, la madre adoptiva enfermó. El brujo le dijo que eso le pasaba porque el niño estaba maldito. En la creencia de que Balla le traería todo tipo de desgracias, lo abandonó. Él estuvo deambulando y sobreviviendo como pudo hasta que, un día, los hombres de Hela Abdel, que están por todos los sitios, lo reclutaron para su ejército.

Teníamos que hacer méritos para que nos nombraran capitanes. Muy pocos llegaban a comandantes, grado máximo al que podía aspirar un niño soldado. Los que conseguían tal honor, habían demostrado ser los más crueles cometiendo los crímenes más horrendos que se pueda uno imaginar, incluso con su misma familia. Como los cuatro –Hubert, Kumba, Balla y yo– siempre estábamos juntos, nos dieron un destino común. En la carretera, a la salida de una curva, nos apostábamos camuflados por algún matorral; cuando pasaba un vehículo, ya fuese turismo, furgoneta o coche de viajeros, le dábamos el alto. Si sus ocupantes no obedecían, disparábamos hasta reventar las ruedas. Muchos conductores ya lo sabían y preferían parar antes que exponerse a un accidente. Una vez parado el vehículo, subíamos y dos de nosotros apuntábamos a los asustados pasajeros, mientras los otros desvalijábamos a todo bicho viviente obligándoles a que nos entregaran relojes, cadenas, joyas, cualquier cosa de valor que llevasen encima y, por supuesto, dinero. Si alguno se resistía, ya sabía lo que le esperaba. Aquel arma repetía la muerte hasta el infinito. Así, haciendo salvajadas, pronto ascendimos a capitanes. Los que llegaban nuevos nos miraban con envidia. Nuestra obligación era entregar el botín, pero indudablemente, nos quedábamos una parte. En medio de la nebulosa, nunca perdí mi norte: llegar a España. Todo lo que guardara me facilitaría el viaje.

Un negocio dentro del campamento era el de Mamadú, un viejo medio encorvado, sin dientes, con el pelo blanco y cuya voz chillona le hacía parecer un espíritu siniestro. Se dedicaba a fabricar amuletos y a hacer ensalmos para protegernos del mal de ojo y otras maldiciones del enemigo. Te convencía y siempre terminabas por pagarle el fetiche y el conjuro. Junto al de mi abuelo, puse un pico de búho que Mamadú me vendió asegurándome que me libraría de todo mal. Nunca sabré si fue por eso o porque los espíritus de mi madre y mi abuelo se portaron bien; el caso es que salí siempre ileso de los enfrentamientos que tuve. Y eso que a los capitanes nos ponían siempre en primera línea de fuego. Los cuatro amigos seguíamos vivos, hasta que un día ocurrió algo terrible.

Los mandos tuvieron noticias, por un chivatazo, de que los soldaditos de otro gran señor iban a atacar nuestro campamento para saquearlo. La reacción fue lógica: atacar nosotros antes y por sorpresa. Como de costumbre, recibimos las instrucciones pertinentes. La operación era muy arriesgada; todo tenía que ser muy rápido y llevarse a cabo con mucho sigilo. Antes del amanecer emprendimos la marcha; los cuatro amigos intentábamos trasmitirnos el valor necesario.

Nadie hablaba; el hollar de nuestras botas en la maleza producía un monótono son que acompañaba al ambiente de miedo que nadie quería demostrar, pero que estaba escondido en lo más profundo de nuestro ser. De pronto, un grito aterrador rompió el aire de la mañana. El cuerpo de Kumba saltó como impulsado por un resorte. Cuando cayó al suelo tenía una pierna desprendida a la altura de la rodilla. Había pisado una mina. Los mandos acudieron en su auxilio y los demás mirábamos sobrecogidos.

–No podemos perder tiempo, el enemigo es muy astuto. Sigamos nuestra marcha y, cuando cumplamos nuestra misión, vendremos a por él –fue el coronel el que dio esa orden.

Grité, supliqué que no abandonasen a aquella criatura; sabía, y ellos también, que las moscas y las fieras carroñeras acabarían con ella. Todo fue inútil. El pelotón siguió su camino y allí quedamos Hubert y yo con nuestra amiga, que se revolcaba dando alaridos de dolor. Intentábamos calmarla sin saber qué decir ni qué hacer.

–¡Matadme, por favor! –nos suplicaba–. ¡No quiero vivir! ¡Matadme! ¡Matadme!

–Tranquila, que intentaremos salvarte –hablé como un tonto que no sabe lo que dice.

Terminamos los tres llorando e implorando, yo al gran Dios y ellos a Alá, para encontrar una salida. Permanecimos un rato sin saber qué hacer; Kumba se iba apagando y cada vez gritaba con menos fuerza.

–Vamos a intentar sacarla al camino, es posible que pase alguien y nos auxilie –dijo Hubert mientras sorbía las lágrimas y los mocos.

Fuimos dejando una huella de muerte en el arrastre. La sangre seguía saliendo llevándose la vida; Kumba dejó de quejarse.

–¡Para! ¡Se está muriendo! –grité desesperado.

Mantuvimos su cabeza inclinada para que pudiese vernos, para que comprobase que no estaba sola, que allí había dos amigos que sufrían con ella. En un último esfuerzo, abrió lo ojos y nos hizo una seña con la mano. Fue su último adiós.

Abrazamos el cuerpo ingrávido y cerramos sus ojos de muerta, que aún nos dirigían una mirada de súplica y terror.

–¿Por qué te has muerto, Makumba? ¿Por qué? Yo te quería, pensaba en nuestro futuro; ibas a venir a España conmigo. ¿Por qué te has ido? –repetía llorando una y otra vez mientras acariciaba su cara.

Hubert no gritaba, pero se tragaba su pena con un llanto silencioso. Al fin, pasado un buen rato, reaccionamos.

–Aquí no la podemos dejar –dijo Hubert–, vamos a buscar un lugar apartado del camino y la enterramos.

Ayudados por los Kaláshnikov, cavamos su tumba en un sitio donde había flores y pájaros para que su espíritu reposara tranquilo. Junto a su cuerpo depositamos su fusil de soldadito, le dejamos sus joyas y las cosas que guardaba producto de los asaltos, eran suyas. Yo solo cogí su inseparable palito de los dientes y lo metí en la bolsita de los amuletos.

8. La cobra y la despedida

Hasta entonces, no me había dado cuenta de lo mucho que quería a Makumba. Agoté las lágrimas junto a su tumba; ya no lloraba, pero era tal mi desolación que no era capaz de reaccionar.

–Tenemos que marcharnos –dijo Hubert.

–¿Y adónde vamos a ir? Yo no quiero volver con el ejército.

–Yo tampoco.

Tras unos minutos de silencio, el espíritu de Makumba me iluminó. Busqué el mapa.

–Mira –dije extendiéndolo ante los ojos de mi amigo–; aquí está España, esto es Monrovia. Vayamos hacia allí; ya encontraremos alguna forma de llegar a Europa.

–Yo no quiero ir a España.

–¿Por qué?

–Has olvidado que tengo una madre a la que abandoné.

Debo volver con ella. Mi país es Gabón y mi verdadero nombre es Kalatu. Ahora ya lo sabes todo de mí.

–Me da igual, yo seguiré llamándote Hubert –me quedé pensativo–. ¡Qué suerte tienes por tener una madre que te quiere!

–Sí, pero es muy desgraciada.

–Te costará muchos días llegar hasta Gabón –dije para que desistiera.

–Quizá menos que a ti llegar a España.

–Está bien; veo que lo tienes muy decidido. Iremos juntos hasta Monrovia y allí nos separaremos.

Pusimos flores en la tumba de nuestra amiga y emprendimos el camino. No sería por mucho tiempo; la noche nos pilló de improviso.

–Estoy cansado, vamos a buscar algún sitio seguro para dormir –propuso Hubert.

El hueco de un árbol nos acogió como el más confortable de los dormitorios.

Nos despertaron los primeros rayos de sol, bebimos en un riachuelo y comimos algo de lo que aún nos quedaba del campamento. Hacía tiempo que no discernía tan claramente. Miré el fusil y sentí horror al ser consciente de las atrocidades que había cometido con aquel repetidor de muerte.

–Este chisme me trae malos recuerdos –le comenté a Hubert–; quiero deshacerme de él lo antes posible.

–A mí me ocurre lo mismo. Intentemos venderlo en la primera ciudad o pueblo por el que pasemos. El dinero nos vendrá bien.

–Ahora que empiezo a pensar con claridad, me pregunto quién era Ibrahim; desapareció en cuanto llegamos a Liberia y nunca más supimos de él.

–Desde luego, pertenece al equipo de Hela Abdel, ese gran señor por el que luchamos. Será hombre de su confianza; le manda a los sitios donde hay oro y si, de paso, recluta a niños para su ejército, mejor.

–¿Qué será de Balla?

–Al pobre no le queda más remedio que ser niño soldado. Es muy joven; si no lo matan, terminará medio loco como todos los demás –Hubert hizo una pausa–. Lo de Makumba nos ha hecho reaccionar, ¿no crees?

–Desde que llegué a esta maldita tierra, es la primera vez que me siento despejado, ahora comienzo a ver con claridad –permanecí en silencio intentando recordar los horrores cometidos–. Ha sido espantoso todo lo que hemos hecho.

–No te tortures, la culpa ha sido de esas malditas drogas que nos tenían zombis; esa gente sabe muy bien lo que hace.

–Llevas razón –comenté, dándome cuenta de que mi amigo era más inteligente de lo que parecía–. Prometo que nunca más tomaré nada que me transforme en otra persona. ¿Y tú qué piensas hacer?

–Poco a poco lo iré intentando; de momento el hachís me tiene demasiado cogido.

Para no perdernos preguntábamos en todos los poblados y a los campesinos que encontrábamos en el camino.

Cuando el sol empezó a ser insoportable nos topamos con unas casuchas abandonadas sin puertas ni ventanas. En su interior había un camastro. Hubert se echó sobre él para fumarse su primer pitillo de hachís; yo estaba fuera solo, con mis pensamientos.

–¡Diko! ¡Diko! –era un grito contenido con el que mi amigo me reclamaba.

Entré y lo que vi me dejó de piedra. Hubert mantenía el cigarro con la mano en vilo para no tocar la cabeza de una serpiente. No daba crédito a lo que veía: era una enorme cobra egipcia de color gris y amarillo que estaba enroscada sobre el suelo. Los dos sabíamos que, al más mínimo ruido, al más mínimo gesto, podría saltar sobre alguno de nosotros e inocularnos con su mordedura un veneno mortal. El animal estaba estático, como en estado cataléptico; pero en cualquier momento podría salir de él y atacar. Mi compañero dejaba que el cigarro se consumiera y la ceniza caía sobre la cabeza del monstruo. Hice un gesto para tranquilizarle y, en silencio, salí y cogí el Kaláshnikov. No sé dónde le dio el primer disparo, pero el animal no cayó, sino que empezó a dar unos coletazos tan terribles que el polvo y los cascotes que saltaban del suelo me impedían ver dónde debía apuntar; tenía miedo de herir a mi amigo que aún continuaba dentro.

–¡Vente para afuera! –le grité.

–¡No veo bien, pero me parece que está atravesada en la puerta! ¡No puedo!

–¡Sal por la ventana!

–¡Me puede alcanzar con un coletazo! ¡Está rabiosa!

La nube de polvo y cascotes era cada vez más espesa. Después de unos instantes que resultaron eternos, el bicho asomó la cabeza moribundo.

–¡Está saliendo! ¡Salta por la ventana! ¡Voy a disparar!

Cuando comprobé que Hubert estaba fuera, la abatí con una ráfaga de metralla. Siguieron los coletazos cada vez más lentos y agónicos. Al fin cayó y la sangre siguió corriendo por cada uno de los agujeros que le habían causado los disparos.

–¡Uf!, de buena nos hemos librado. ¡Menudo bicho! –comenté mientras me limpiaba el sudor y el polvo. Hasta que no nos repusimos del susto no pudimos reanudar la marcha.

En Ganta vendimos los fusiles y compramos ropa más adecuada a nuestra edad. En Gbarnga nos permitimos el lujo de alquilar una habitación con dos colchones para pasar la noche. No nos despertó el ruido de la selva, sino un tintineo de campanilla. Por curiosidad asomé la cabeza por la ventana y vi a un árabe con un gorrito bordado que llevaba café para vender a los madrugadores. Desperté a Hubert y los dos nos homenajeamos con una suculenta taza del líquido humeante que nos tonificó para el día de caminata que nos aguardaba.

Por fin avistamos Monrovia. Lo deseábamos, pero también lo temíamos, porque allí nos separaríamos. Nos dirigimos hacia el puerto para ver los barcos que salían hacia un lado u otro. Para el norte no había nada y, para el sur, uno tardaría dos días en salir, precisamente hacia Libreville, la capital de Gabón.

–Qué suerte tienes, pronto estarás con tu madre.

–Sí, no sabes las ganas que tengo; pero nunca conocerá todas las aventuras de su hijo.

–Tendremos que acostumbrarnos a vivir con los remordimientos.

Fuimos hacia el puerto pesquero a ver si allí había algo para mí. Entre los muchos barcos que había, me fijé en uno con bandera de Senegal. Un hombre de contextura recia se afanaba en echar hielo en unas cajas de pescado. Otros limpiaban la cubierta. Desplegué el mapa y comprobé que, efectivamente, Senegal estaba hacia el norte y, por tanto, me acercaba a mi destino.

–¡Oiga! –grité desde la orilla–. ¿Van hacia Senegal?

–Sí –respondió secamente después de mirarme de arriba abajo–. ¿Por qué te interesa?

–Porque quiero viajar hasta allí y quería pedirle que me llevase.

Continuó con su tarea, pero yo no me daba por vencido. En vista de que seguía como si yo no existiera, volví a insistir.

–Puedo ayudarle, soy buen trabajador.

Al cabo de un rato saltó a tierra.

–Muchacho, ¿no serás de esos pillos rateros que tratan de engañar?

–Oiga, señor, ¿tengo cara de delincuente? –dije ofendido y poniendo especial énfasis en la palabra *señor.*

–Entonces, explícame el porqué de ese deseo de llegar a Senegal –su tono ya había cambiado.

–Soy huérfano, y me han dicho que su país es bastante tranquilo, mejor que este, donde todo el mundo está en guerra.

–De acuerdo, dormirás donde encuentres un hueco y ayudarás en todos los trabajos. Comida no te ha de faltar. Adelante, partiremos dentro de una hora. Pero quiero que sepas una cosa: si me has engañado, te arrepentirás.

Hubert había presenciado toda la negociación. Como era su costumbre, permanecía en silencio. Había llegado la hora de la despedida.

–De pequeño tuve un amigo, Massandé, que murió; ahora tengo que dejar a otro, ¿por qué?

–Te haces demasiadas preguntas. A mí también me cuesta la separación. Eres el único que conoce el drama de mi vida. No hablemos más, con los recuerdos todo se hace más doloroso.

–¡Suerte!

Los dos nos la deseamos en un fuerte abrazo.

9. Dora

Moscas y un olor repugnante fue lo primero que noté cuando pisé tierra en el puerto de M'bour. El pescado estaba por todas partes, incluso amontonado en el suelo. Era tal el gentío, tanto el vaivén de barcos y personas, que quedé atontado preguntándome «¿y ahora qué?». Durante la travesía, dormí sobre la cubierta, aguantando el frío de la noche, e hice lo que me ordenaban con toda diligencia. Augusto, mi patrón, siempre estaba de mal genio y daba las órdenes con insolencia y desprecio. A pesar de todo, a mí no tuvo nada que reprocharme.

–Muchacho, ¿qué piensas hacer ahora? –dijo una vez que habíamos bajado la carga.

–No sé –contesté evasivamente. No tenía ninguna intención de desvelar mi verdadero propósito: seguir avanzando hacia el norte.

–Si quieres, puedo darte trabajo.

–No me gusta estar siempre en un barco.

–Nadie ha dicho que sea en un barco.

–Entonces, ¿dónde?

–Tengo varios negocios, uno de ellos, como has visto, es la compra y venta de pescado, pero no el único. También trabajo en el turismo. He comprobado que dominas varios idiomas; a los dos nos puede interesar –su tono había cambiado; ahora trataba de llevarme a su terreno.

–Dígame de qué se trata.

–Vivo en Ndangane; allí tengo un restaurante que lleva mi mujer y algunas barcas en el embarcadero del río Saloum. Navegando por el delta se ven manglares y gran variedad de aves que gustan a los turistas. Tu trabajo consistiría en acompañarlos hasta Mar Lodj, una aldea muy bonita y con una gente hospitalaria que acoge a todo el que va.

–¿También van turistas de España?

–Naturalmente, de todos sitios. Es un buen negocio. Tú tendrías un sueldo más las propinas. El alojamiento corre de mi cuenta.

Estaba claro que yo le interesaba, por eso tardé unos minutos en responder mientras valoraba la propuesta. Verdaderamente, era tentadora porque, además de reportarme dinero, que iba a necesitar, me daría ocasión de conocer a españoles. Me interesaba saber las formas de llegar a su país.

Pronto aprendí el manejo de las piraguas y a tratar a los turistas, de los que recibía buenas propinas. Lo guardaba todo, porque me fui enterando de las dificultades que había para llegar a España y comprendí que con dinero sería todo más fácil. Me adjudicaron una habitación dentro de la vivienda familiar, donde también estaban la cocina y el comedor del restaurante. Este lo regentaba Dora, la mujer del patrón, ayudada por otra chica. Todo lo que él tenía de déspota y cruel, ella lo tenía de dulce y cariñosa. Desde el primer día me acogió como a un hijo. Si mi madre no hubiese muerto, calculo que tendría su misma edad. Después de las experiencias tan terribles que había vivido, sus atenciones y su cariño fueron un bálsamo al que no estaba acostumbrado. Su piel no era excesivamente negra, sino de color café con leche; su pelo, trenzado, rodeaba una cara bella que emanaba bondad.

Nunca comprendí que, sin tener hijos, aguantase al impresentable de su marido. Siempre la trataba con desprecio y, a veces, los arrebatos de celos lo llevaban a golpearla sin piedad.

–No sé cómo sigues al lado de ese monstruo –me atreví a comentarle en una ocasión.

–Cualquier día se acordará de todo lo que me ha hecho –dijo con rencor.

–¿Qué piensas hacer?

–Ya lo sabrás cuando llegue el momento.

Desde que dejé el ejército, la noche para mí era el peor enemigo. Los espíritus de las personas a las que había matado venían, intentaban arrastrarme a su mundo; con unos dedos largos y afilados me señalaban acusándome de criminal por haberles quitado la vida. Otras veces veía a Makumba aferrarse a su pierna cortada. Gritaba de tal manera que yo mismo me despertaba. Entonces llegaba Dora y me hacía tomar una infusión relajante. Permanecía a mi lado hasta que conseguía tranquilizarme. Nunca preguntó cuál era la causa de mis tormentos. Y yo no dejaba de pensar: «todo esto me lo he perdido por no tener una madre».

Aquella noche todo fue distinto; no pude ayudar en la cocina como era costumbre: un terrible malestar me impedía moverme; enseguida comprendí que un espíritu maligno se había apoderado de mí. Dora acudió a mi cuarto.

–¡Por favor, no enciendas la luz! –le grité.

–Pero, ¿qué te pasa?

–No puedo hablar, no puedo oír ruidos, me molesta la luz. Es un espíritu que me tortura. ¡Vete, déjame!

–Estás enfermo.

Salió para traerme algún remedio y antes de que volviera sentí mucho frío, como si estuviese envuelto en todo el hielo del mundo. Mi cuerpo no me pertenecía; saltaba de la cama impulsado por un resorte que actuaba ajeno a mi voluntad. El castañeteo que producían los dientes al tiritar acompañaba a los descontrolados brincos de mi cuerpo.

–Tengo frío, mucho frío.

–Es la malaria, avisaré al médico –dijo después de ponerme encima todas las cosas de abrigo que encontró. Pero la tiritera no cesaba.

Pasaron varios días hasta que las medicinas y los cuidados de Dora hicieron el milagro. Quedé tan maltrecho, tan sin fuerzas, que no pude salir de casa en una temporada; las piernas no me obedecían. Augusto estaba de viaje y eso suponía un cierto sosiego en el ambiente. El ama y yo pasábamos ratos hablando. Fue así como surgió el plan.

–Creo que ha llegado el momento de dar a este hombre su merecido.

Quedé expectante a ver por dónde salía.

–He encontrado parte del dinero que guarda. Es bastante para huir.

–¿Huir?; ¿hacia dónde?, ¿tú sola? –habría seguido formulando preguntas ante lo insólito de la revelación, pero ella me interrumpió.

–Conozco a un señor en Rabat, Marruecos; es persona influyente y, con el dinero que tengo, estoy segura de que me ayudará a rehacer mi vida.

–Me parece estupendo, no te mereces la que tienes. Lo extraño es que no te hayas decidido antes a dar este paso.

–Sin dinero no se va a ningún sitio. Ahora que lo he encontrado, es diferente.

–Cuando te marches yo me iré también; ¿cuándo será?

–No hay que precipitarse. Mañana regresa Augusto y dentro de una semana volverá a marcharse. Será el momento. Ya estarás recuperado.

–Entonces, ¿cuentas conmigo? –pregunté halagado al ver que no me había excluido de su proyecto.

–¿Acaso pensabas que te iba a dejar aquí?

–No sé, al fin y al cabo no soy nada tuyo.

–Qué más da, eres una buena persona. ¿Tienes pasaporte?

–No tengo ningún papel.

–Trataré de arreglarlo.

Salió y enseguida apareció con una cámara de fotos.

–¿Qué vas a hacer?

–Una fotografía para tu pasaporte. Tienes mala cara, pero no hay tiempo que perder. Conozco a una persona que se dedica a falsificar papeles. Pasarás muy bien como mi hijo. ¿Cuánto dinero tienes?

Entré en mi cuarto y, rebusqué en el escondrijo donde tenía mi capital a buen recaudo. Llevaba siempre encima un reloj de oro y algunas joyas, producto de la rapiña. Menos mal que en el fragor de la calentura no fueron descubiertas. Nadie, ni siquiera Dora, debía saber de su existencia; tendría que revelar esa parte bochornosa de mi vida.

–Tengo todo esto –dije desplegando el pañuelo que envolvía el dinero.

–Hombre, además de francos, tienes dólares americanos; ¿de dónde los has sacado?

–Me los dieron unos turistas en Liberia.

–Habrá suficiente para un billete de avión hasta Rabat. Si necesitas algo más, yo te ayudaré.

Desplegué el mapa y vi con alegría que, desde Rabat, España se tocaba con la mano.

10. El viaje

Tuvo que acudir la azafata del avión para asesorarnos sobre cómo debíamos abrocharnos el cinturón; yo estaba tan despistado y nervioso que no atinaba con nada, incluso tropecé en la escalera de subida. Dora, más serena que yo, tampoco estaba muy ducha en este tipo de viajes. No perdí detalle del despegue y estuve mirando por la ventanilla hasta que las casas se convirtieron en puntos invisibles. Tantas veces había visto pasar a esos endiablados pájaros de acero que llevaban a mundos remotos; tantas veces había soñado con ser yo uno de esos privilegiados pasajeros, que ahora no me lo creía. Yo, Diko, de una aldea perdida de Camerún, volaba hacia Rabat, a un palmo de España. Sentado junto a Dora llegué a pellizcarme para comprobar que lo que estaba viviendo no eran fantasías de mi imaginación. Dejé el asiento y, encerrado en el lavabo y sin mediación de ningún hechicero, simplemente mirando las plumas de búho con las que mi abuelo me protegía, dije una oración salida del alma:

«Abuelo, no te enfades si cada vez estoy más alejado de tu tumba; para los espíritus no hay distancias y podré seguir gozando de tu protección. Estoy volando en uno de esos pájaros que me asustaban cuando cruzaban el cielo de Kongle. Tengo que llegar a España, donde me espera Juan; ¿lo recuerdas? Prometió ayudarme porque aquí no hay nada más que miseria por todas partes. He hecho cosas que a ti te avergonzarían, perdóname. No sé si fueron las drogas o un mal espíritu que se apoderó de mí. He sufrido mucho y te prometo que nunca más tomaré ni fumaré nada que transforme mi voluntad.» Besé las plumas y el palito de Makumba, tuve un recuerdo para ella; volví a leer el teléfono de Juan para tenerlo grabado en la memoria siempre si, por alguna circunstancia, perdía el papel; regresé al asiento. Comí todo lo que me pusieron y, por fin, llegamos a Rabat.

Yahib, el amigo de Dora que nos esperaba en el aeropuerto, era un señor importante como indicaba su indumentaria; no vestía la típica túnica que usan los árabes, sino un impecable traje, camisa de buen corte y corbata; era alto, elegante y, sin ser negro, era más moreno que los blancos que yo había conocido.

Nos llevó en su coche hasta el hotel. A pesar de lo nervioso que estaba, pude darme cuenta de que Rabat era una ciudad mucho más bonita que Monrovia. Pasamos por zonas de jardines con buenas casas y él nos iba indicando los edificios más destacados: la grandiosa mezquita y el palacio del sultán, la necrópolis de Salla, la medina rodeada de murallas... En el hotel nos asignaron una habitación a cada uno. Nunca había estado en un sitio con tantas comodidades. Brinqué sobre la cama deseando llegar hasta el cielo, aprendí el manejo de la ducha y estuve un buen rato gozando de la caricia del agua sobre mi cuerpo. Menos mal que Dora había tenido la precaución de cambiar mis harapos por una ropa decente y de acuerdo con las circunstancias. Los blancos zapatos deportivos resaltaban la negrura de mi piel. Mi embeleso borró el tiempo, hasta que unos golpes en la puerta me devolvieron a la realidad.

–Date prisa –era Dora la que llamaba–; Yahib tiene que marcharse y quiere hablar contigo.

Salí transformado, limpio y oliendo a felicidad. En una salita me esperaban mis amigos.

–Me ha dicho Dora que tu ilusión es marchar a España.

–Sí –respondí–; tengo un amigo que me espera y ha prometido ayudarme a encontrar un trabajo.

–Tú sabes que es difícil llegar hasta allí.

–He visto el mapa y ya me queda poco.

–No me refiero a la distancia, sino a que hay mucha vigilancia para que no lleguen los africanos. Son demasiados los que quieren cruzar y las autoridades del país no los dejan.

–Ya buscaré la forma de colarme.

–Te veo muy decidido, pero mi deber es advertirte del peligro que puedes correr.

–Gracias, pero no tengo otra salida. No puedo volver a mi aldea, allí no tengo a nadie y, además, está demasiado lejos. No me queda otra que seguir adelante.

–Como ya sabes –era Dora la que hablaba–, Yahib me ayudará a montar un negocio. De momento, tengo que organizarme pero, si todo sale bien, podrás volver conmigo.

–Gracias Dora, ya has hecho bastante por mí, pero no pienso quedarme aquí.

–¿Cuándo piensas marcharte? –preguntó Yahib.

–En cuanto encuentre la forma de llegar a Tánger.

–Mañana te llevaremos a la estación; hay autobuses que te dejan en el mismo centro. Una vez allí, mira bien dónde te metes; hay mucho ratero y maleante.

–No se preocupe, la vida me ha enseñado a defenderme.

–Una última recomendación: rompe el pasaporte que has traído.

–¿Por qué? –pregunté con sorpresa.

–Si te lo cogen, si averiguan tu nacionalidad, las autoridades españolas indagarán para devolverte a tu país de origen, y en este caso sería Senegal, que es el que consta en el pasaporte.

–Y si me preguntan, ¿qué debo decir?

–Di que eres de Liberia, al fin y al cabo has estado allí. Cuenta que a tus padres los mató la guerrilla y que no tienes a nadie. Así es difícil que te deporten.

Tuvieron que pasar muchas cosas para entender el valor de los consejos de Yahib.

Los dos me acompañaron a la estación de autobuses; me dieron algún dinero y, después de muchas recomendaciones, me despidieron en el que pensaba que sería el penúltimo viaje antes de tocar las costas españolas.

11. Tánger

Fui el último en abandonar el autobús. Aunque estaba deseando seguir adelante, tenía miedo de enfrentarme a lo desconocido. Me sentía más solo que nunca y en soledad tendría que afrontar los peligros. ¿De verdad era Tánger la puerta del paraíso? Dudaba. Me informaron de que en el Zoco Chico o cerca de él encontraría alojamientos baratos. Con cara de miedo, agarrando con fuerza una pequeña bolsa que contenía todo mi ajuar, caminaba lentamente siguiendo las calles que me habían indicado.

–¡Muchacho! ¿Dónde vas? –di un respingo al comprobar que un hombre alto, moreno y con amplio bigote se dirigía a mí.

–Busco alojamiento barato –respondí con recelo.

–Yo te puedo ayudar. Acompáñame.

Dudé un instante. Recordé las recomendaciones de Yahib: «hay muchos ladrones y maleantes, ten cuidado».

Pero, ¿qué podía hacer? Definitivamente, caminé al lado de mi improvisado acompañante.

–¿De dónde eres?

–De Liberia –respondí con la mentira bien aprendida.

–Hablas muy bien francés.

–Estuve un tiempo en Senegal.

–¿Huyes de la guerrilla?

–Sí.

–Ya sé a lo que has venido, tú quieres quemar la frontera.

–¿Y eso qué significa?

–Que quieres llegar a España.

–Naturalmente, para eso estoy aquí.

–¿Tienes dinero para pagar el viaje?

–¿Y a usted qué le importa? –dije un poco harto de tanto interrogatorio.

–Chico, no seas desconfiado. Trato de ayudarte. Si tienes con qué pagar, yo puedo ponerte en contacto con la persona adecuada.

–¿Y cómo sé que no me engaña?

–Mira que eres desconfiado. Pero haces bien; no debes fiarte porque en esta ciudad hay mucho timador. No te preocupes, no soy uno de ellos; te voy a presentar a alguien que te puede interesar.

Seguimos caminando en silencio hasta llegar a un alojamiento situado en una planta baja de la Medina; entramos. A lo largo de un pasillo había varias habitaciones; en una de ellas unos jóvenes jugaban a las cartas con una mugrienta baraja, fumaban quif[3] y en las roñosas colchonetas

3. Polvo elaborado con hojas de cáñamo y mezclado con tabaco. También se conoce como grifa.

en las que se sentaban, paseaban alegres chinches. El humo de los cigarros se mezclaba con el hedor a orines, que salía del servicio que estaba al final del pasillo, y con el olor a grasa de cordero quemada. Las cortinas, que tapaban los angostos ventanucos, dejaban pasar unos hilos de luz que envolvían el escenario en una siniestra penumbra.

El hombre del bigote me llevó a una pequeña sala en la que, como único mobiliario, había una mesa y cuatro sillas. Me dejó solo unos momentos y pronto apareció con otro que debía de ser su jefe por el respeto con que lo trataba.

–Mi nombre es Baruk –dijo el recién llegado extendiéndome la mano–; ¿cómo te llamas?

–Diko –respondí devolviendo el saludo.

–Bien, Diko, me ha dicho mi ayudante que quieres pasar a España.

–Sí.

–Yo puedo hacer que cumplas tu sueño. Si tienes miedo a ser engañado habla con esos jóvenes que has visto al entrar. Todos están aquí para lo mismo: esperando el momento propicio para dar el salto. Quiero que sepas que no es fácil, cada día son más los que quieren llegar y las autoridades españolas vigilan mucho las costas, por eso es caro. ¿Tienes dinero?

–Algo tengo, pero no sé si será suficiente –respondí más tranquilo al ver que me daba ciertas garantías.

–Enséñame lo que tienes.

–Esto es todo –dije mostrando la bolsita del dinero.

–¿Por qué tienes dinero de Senegal si vienes de Liberia? –me preguntó. No respondí; siguió observando–. Aquí hay dólares, pero no los suficientes. Lo siento, muchacho, no te llega.

–¿Cuánto cuesta el pasaje?

–Diez mil dírhams o, lo que es lo mismo, unos mil doscientos euros.

Sin hacer ningún comentario, salí al baño, busqué la bolsa con las joyas, producto de los robos de Liberia y que siempre llevaba pegada al cuerpo, dejé en su fondo una pulsera y una sortija que brillaban mucho y que me habría gustado regalar a Makumba, y volví a la sala. Una vez allí, esparcí todo sobre la mesa.

–Supongo que con esto habrá suficiente.

–¿De dónde lo has sacado? –exclamó con cara de asombro mientras observaba la mercancía.

–Eso a usted no le interesa, dígame: ¿sirve o no sirve? –respondí con energía al darme cuenta de que en ese momento era yo el que dominaba.

–Sí, es difícil vender joyas, pero lo intentaré.

–¿Cuánto tardaremos en partir?

–Veo que estás impaciente. Parece que el tiempo va a mejorar; en ese caso, un par de días. ¿Tienes alojamiento?

–No.

–Puedes quedarte aquí; te costará veinte dírhams al día.

–De acuerdo.

El grupo de «pirómanos[4]» que se alojaba en la pensión me acogió con agrado. Aunque todos eran jóvenes, me llevaban algunos años; eso y mi carácter abierto hizo que se estableciese entre nosotros una buena relación. Había un senegalés; los demás eran todos marroquíes. Alain era el más parecido a mí; tendría unos diecisiete años. Venía de

4. Así llaman a los que intentan «quemar» el Estrecho.

Beni Mellal, a setecientos kilómetros de Tánger, y pertenecía a una familia muy pobre. Era el mayor de siete hermanos; había tenido que salir para probar fortuna. Quería llegar a Francia; si todo salía bien, encontraría un trabajo y mandaría dinero a los suyos para que no pasaran hambre. Todos los parientes lo habían ayudado para conseguir el importe del viaje.

Mientras llegaba el momento, paseábamos por la ciudad. Atravesando la muralla, salíamos de la Medina y llegábamos a las grandes avenidas que conducían a las playas, que es donde están los buenos hoteles.

–Fíjate en esos, son ganchos –me comentó Alain un día que caminábamos por el paseo de España.

–¿Qué son ganchos?

–Los que «cazan» a los «pirómanos». El señor del bigote que te abordó es un gancho que trabaja para Baruk. Cobran comisión por cada uno que llevan.

–No he vuelto a ver a Baruk, ¿tú lo conoces bien?

–No mucho, pero tengo entendido que no es de los que te engañan. Algunos, después de embarcarte, te dan unas vueltas y te desembarcan en una playa de Marruecos; ellos se marchan, tú no sabes dónde estás y allí te quedas tirado.

–¡Qué sinvergüenzas! Oye, ¿qué pasará si, por cualquier causa, no podemos desembarcar?

–Pues nada, te quedas sin dinero y hasta otra vez. En el grupo de la pensión hay gente que lo ha intentado hasta tres veces; en ese caso Baruk les ha hecho una rebaja.

–Esperemos que nosotros tengamos suerte.

–Alá nos proteja y, si no, que se haga su voluntad.

12. Quemando el Estrecho

Y llegó el día. Lo pasé deambulando de un lado para otro; ni comí ni sabría decir por qué sitios estuve, porque no veía nada más que mi propio miedo. Poco tiempo llevaba en la ciudad, pero fue suficiente para enterarme de historias terribles que contaban sobre el paso del Estrecho. A la caída de la tarde volví a la pensión para liquidar la cuenta y recoger mi pequeño equipaje. Allí encontré a mis compañeros de viaje; estaban en silencio, sin jugar a las cartas como era lo habitual; aspiraban el humo que salía de los cigarros dibujando volutas en el aire que pronto se deshacían como efímeros sueños.

Salimos todos juntos hacia el punto convenido, éramos unos veinte. En una esquina de la avenida de España esperaba una furgoneta con diez personas más. Fue difícil acomodarnos pero, unos encima de otros, al final lo conseguimos. Hacia el este, pronto avistamos una serie de playas desoladas; el viento estaba en calma. Llegamos a un lugar llamado Punta Malabata; bajamos del vehículo; entonces me di cuenta de que venían dos mujeres embarazadas.

–¿Cómo se atreven a realizar un viaje tan peligroso? –comenté al compañero que se sentó a mi lado sobre la arena.

–Esto es habitual, saben que si sus hijos nacen en España, es difícil que las repatríen. Luego intentan que lleguen sus maridos.

Mientras esperábamos la barca, todos saboreábamos la amargura de la próxima hazaña que nos llevaría lejos de nuestra tierra. Sentí muy cerca el pequeño mundo de Kongle, la aldea donde nací y donde quedaron los recuerdos infantiles que me hacían soñar con mundos de felicidad. Sentí el espíritu de mi abuelo, el de mi madre, el de Massandé, el de Makumba. ¿Me protegerían? Dudé, tenía miedo. Abandoné el grupo que permanecía mudo y sentado en la arena; agarré la bolsita de los amuletos. Me habían dicho los padres misioneros que las personas buenas acompañaban a Dios en el mundo de los muertos. Seguro que mi abuelo estaba a su lado; confié en que le llevara mi plegaria.

Pasaron algunas horas mientras la noche nos envolvía. De pronto, el ruido de un motor rompió el monótono son de las olas. Una linterna dibujó sobre el agua un camino de luz hasta llegar a la barca que se aproximaba: era una lancha inflable manejada por Baruk. El grupo se acercó hasta la orilla. Yo quedé rezagado, como queriendo retrasar el momento. El patrón saltó y nos examinó a cada uno, comprobando que la carga era la justa.

–Que pasen primero las mujeres –ordenó.

Siguiendo el ejemplo de los demás, me descalcé y sentí la caricia del agua hasta las rodillas; salté y busqué acomodo en los pocos huecos que quedaban.

–Vamos muy cargados; para seguridad de todos, debéis permanecer quietos; cualquier movimiento puede provocar un vuelco. Tenemos buen tiempo, espero llegar antes del amanecer. Quiero que todo quede claro: cuando yo diga «¡tierra!» hay que saltar, y cada uno que se las apañe como pueda. Yo no os conozco, ¿de acuerdo?

Asentimos con la cabeza y, sin más, partimos para superar lo antes posible los catorce kilómetros que nos separaban del paraíso.

La luna no nos acompañaba; solo un techo estrellado adornaba la inmensa negrura. No sé si fue el envite de las olas, el miedo o el intenso olor a fuel lo que me provocó un vértigo insoportable. Cerré los ojos. El estridente son del motor se metía en mis oídos y estallaba en mi cabeza. No tuve más remedio que cambiar de postura; en medio de mi atontamiento caí sobre uno de mis compañeros; el suelo de la barca crujió y escoró hacia la derecha; un grito de terror se apoderó del silencio.

–¿Qué haces, imbécil? –preguntó insultante el patrón–. ¿No he dicho que no te puedes mover? Eso me pasa por cargar a niñatos como tú –gritaba cada vez más enfadado.

Callé; me lo tenía merecido. Tuvimos que afanarnos en achicar el agua que había llenado el suelo. Volvió la calma; no sé cuántas horas llevábamos navegando, pero presentía que pronto terminaríamos. Algunos, nerviosos como yo, intentaron buscar mejor acomodo, lo que hizo que la barca volviese a zozobrar. Los primeros rayos de sol nos permitieron ver una línea en el horizonte que se fue agrandando hasta convertirse en una franja bien definida.

–Hemos llegado –comentó Baruk con rotundidad.

–Aún estamos lejos –dijo una de las embarazadas.

–En atención a vosotras trataré de acercarme un poco más. En la costa hay muchas rocas que pueden dañar la embarcación; por otra parte, están los guardias que patrullan a todas horas para evitar que desembarquemos, así que por vuestra seguridad y por la mía, es mejor que no lleguemos demasiado cerca.

En una marcha lenta, muy lenta, seguimos acercándonos; a esas tempranas horas de la mañana, la costa estaba desierta.

–No puedo continuar, aquí termina el viaje. Saltad y, en cuanto lleguéis a tierra, corred y escondeos para que los guardias no os descubran. ¡Suerte! –la orden fue tajante.

Aún quedaban unos ciento cincuenta metros de agua; yo no sabía nadar, si me tiraba era hombre muerto. Me cubrió un sudor frío; dejé que saltaran otros para ver lo que pasaba. Con el hatillo amarrado al cuello lo hicieron los que más o menos nadaban. Tardaron unos interminables minutos en alcanzar las rocas que la marea tenía cubierta; las olas golpeaban con fuerza, el agua se cubrió de rojo por la sangre que salía de las heridas producidas por los filos cortantes de las piedras. Los que permanecíamos en la barca, unos diez, mirábamos el cuadro con terror.

–¡Vosotros!, ¿a qué esperáis?; ¡venga!, ¡rápido!

Por fin se decidieron las mujeres y tres más.

–¡Desgraciados! ¡He dicho que fuera! –siguió gritando el patrón.

Saltó el resto. Yo quedé allí, tratando de esquivar a Baruk, que intentaba tirarme por la borda. Vi con espanto cómo las mujeres trataban de mantenerse sacando la cabeza una y otra vez; no gritaban, solo chapotearon desesperadas un rato interminable hasta que, exhaustas, el agua las sepultó junto con sus vientres llenos de vida. Varios corrieron igual suerte; otros, como mi amigo Alain, haciendo un último esfuerzo, llegaron a tierra.

–¿Quieres buscarme la ruina? –volvió a gritar Baruk mientras trataba de agarrar mi cuerpo para lanzarme.

Nuestro alocado vaivén volcaba peligrosamente la barca. Más ágil que él, pude llegar al mando y arrancar el motor rumbo al mar abierto. Lo puse a toda marcha. Cuando, después de un duro forcejeo, pudo hacerse con el timón, ya estábamos muy alejados de la costa y no había más salida que continuar el viaje de regreso.

13. Una nueva familia

Cuando corro descalzo no hay quien me alcance; así fue como me libré de Baruk, que quiso descargar su ira sobre mí en cuanto llegamos a tierra. Cuando por fin lo perdí de vista, el desconcierto, la rabia y la impotencia se agitaban dentro de mí. Estaba solo, con muy poco dinero y en un lugar que apenas conocía; ¿qué podía hacer? Seguí caminando. La animación que iba tomando la playa anunciaba que la ciudad estaba próxima.

A pesar de las horas de vela y ayuno, no tenía sueño ni hambre. En la zona de los buenos hoteles mucha gente, la mayoría blancos, comía en lujosas terrazas. Disfrutaban de ese mar que tan cruelmente nos había tratado. Sentí envidia. «Ellos ya tienen el paraíso. ¿A quién le importa lo que le pueda pasar a un pobre dowayo como yo?», pensé. Continué hacia el centro de la ciudad. Deseando salir de aquel laberinto, me dirigí a la estación de trenes. A punto estuve de agarrarme a los que salían (¿hacia dónde?, todo me daba igual). Contuve el impulso. Rodeé el edificio y descubrí unos vagones en unas vías que no conducían a ningún sitio. En su interior había latas, restos de comida, alguna botella. «Este puede ser mi hotel», pensé. Sonreí al comprobar el pomposo nombre que di al inmundo agujero. Salté hacia dentro; en un rincón había ropa vieja envolviendo un calzado deportivo. Seguro que era la cueva de algún pordiosero. Cuando intenté continuar mi paseo, unas voces me alertaron:

–¡Eh, tú! ¿Qué se te ha perdido ahí dentro?

Eran cuatro chicos los que se aproximaban. Sin responder, observé al grupo. No parecía que tuviesen ganas de pelea. Di unos pasos y pronto nos encontramos. Todos eran blancos y más o menos de mi edad, aunque quizá dos de ellos fuesen más jóvenes.

–Estoy dando un paseo y he mirado dentro; no tengo intención de robar, porque además no hay nada.

–Nunca te hemos visto por aquí –comentó el que parecía mayor.

–Es que soy de fuera –respondí mientras observaba a mi interlocutor que, a falta de la mano derecha, movía un desnudo muñón.

–¿Estás solo?

–Sí.

–¿Dónde vives?

–En ningún sitio.

–Ya sé, quieres quemar el Estrecho.

–Sí.

–No tengas miedo. Todos deseamos lo mismo. ¿Lo has intentado alguna vez?

–Sí, esta misma noche. La barca que nos llevaba no pudo llegar a la costa. Por eso volví.

–Si lo has intentado en barca, es porque tienes dinero.

–Tenía; ahora lo he perdido todo.

Me presentó a la pandilla: el Rajado, el Melenas, el Enano y él, el Manco.

–Puedes unirte a nosotros; aquí nadie tiene nombre, tú serás el Negro. Si intentas engañar o hacer alguna faena, lo pagarás caro. No lo olvides. Vivimos como podemos: pidiendo y robando; y repartimos lo que hay. Este vagón es nuestra casa. Llegar a España sin dinero es muy difícil. Fíjate en esto –dijo mientras levantaba su muñón–, perdí la mano aplastada por los frenos de un camión mientras intentaba colarme entre sus ejes.

Aquella original familia la dirigía el Manco, que a veces se pasaba en sus atribuciones de jefe. Yo acepté las reglas; ya venía curtido después de la experiencia del ejército. Nadie me preguntó y nadie me contó su vida, pero todos sabíamos que nos unía la desgracia.

El Melenas era un excelente nadador y poco a poco me ayudó a perder el miedo al agua. Los primeros días, cada vez que me adentraba en el agua, me venía la imagen del Estrecho y de los compañeros tragados por el mar. Pero el miedo fue desapareciendo y, poco a poco, el tiempo que pasaba en la playa nadando y jugando con las olas era lo mejor del día.

El Rajado (le llamaban así porque tenía una gran cicatriz en la cara) era el más adiestrado en pequeños robos. Su zona de acción era la calle de la Marina, alrededor de la Gran Mezquita, donde se concentraba el mayor número de turistas. Detectaba al más despistado y lo seguía hasta que encontraba el momento de tirar de un bolso, una cámara de fotos o una grabadora que luego vendía en el Zoco Chico. Era tal su agilidad que nunca cayó en manos de los guardias.

Yo me especialicé en el robo de fruta en los mercados; sobre todo, los jueves y domingos en el Zoco Grande. Me camuflaba entre el barullo hasta que encontraba la ocasión. A veces también cayó algo de ropa. La comida no faltaba, porque completábamos nuestra dieta con lo que recogíamos en los contenedores de los hoteles y grandes restaurantes; incluso había un cocinero que nos daba las sobras en envases preparados.

Paseábamos por la zona del puerto estudiando la forma de cruzar. El Manco seguía insistiendo en que los ejes de los camiones grandes eran lo mejor, a pesar de lo que le pasó a él. Me enseñaba posturas y lo que no se debía hacer. Los contenedores venían muy precintados, era casi imposible colarse y algunos que lo consiguieron, murieron dentro asfixiados o congelados. Había que esperar una distracción de algún conductor de tráiler. Era mejor hacerlo antes de entrar en el puerto, porque allí redoblaban la vigilancia.

Por las noches, antes de dormir, el grupo inhalaba disolventes, gasolina y todo lo que los pusiera más contentos.

Yo seguí fiel a mi promesa; recordaba muy bien el efecto de todas aquellas sustancias y pasaba mis soledades como podía.

Una noche, estaba medio dormido cuando me despertaron los gritos desesperados del Enano (el más pequeño); estaba envuelto en llamas. Inmediatamente cogí los trozos de cortinas que nos servían de mantas y lo tapé mientras lo apretaba con mi cuerpo. Esta reacción tan decidida lo salvó. Los demás, medio drogados, tardaron unos minutos en darse cuenta. Pasado el peligro, el pobre seguía gritando. Lo desnudé: tenía quemaduras por todos sitios, aunque no parecían muy profundas.

–No te preocupes, yo te curaré –dije tratando de calmarlo–. ¿Qué te ha pasado?

–No sé, quise encender un cigarro, seguramente tendría en la ropa algo de disolvente y se prendió. No pude reaccionar a tiempo, fue todo muy rápido –contó mientras lloraba a causa del dolor.

–¡A quién se le ocurre! Cúbrete con esta toalla mientras busco una farmacia. Pediré algo que te alivie.

Lo dejé en compañía de los demás, que ya estaban espabilados. Mientras caminaba, saqué algo del dinero que me quedaba y volví con la medicina adecuada.

A la mañana siguiente, cada uno se marchó a su destino, aunque montamos guardia para que el Enano no estuviese solo mientras cicatrizaban las quemaduras. Era domingo y, como siempre, me encaminé hacia el Zoco Grande. Una voz sonó a mi espalda:

–¡Diko!

Volví la cara sorprendido y temeroso; allí nadie sabía mi nombre. Se acercaba el hombre grande del bigote que trabajaba de gancho para Baruk.

–¿Qué pasa? –respondí encarando la situación.

–Llevo días buscándote, Baruk quiere verte.

–No tengo nada que ver con ese hombre.

–Muchacho, no te pongas así. Te dije una vez que podías confiar en mí y ahora te lo repito. No temas, Baruk ha olvidado todo lo ocurrido y quiere proponerte un negocio que te puede interesar.

–¿Un negocio?

–Sí, me ha advertido que no te diga en qué consiste pero, créeme, es interesante.

–De acuerdo, iré –respondí después de unos momentos de duda.

14. Nuevo intento

Estuve a punto de desertar y no acudir a la entrevista con Baruk. Aquello me sonaba a encerrona para vengarse de mí por la faena que le hice. La insistencia del hombre del bigote me decidió.

Lo encontré en la misma pensión, en la misma sala y sentado ante la misma mesa donde me recibió la primera vez.

–Hola, Diko –dijo con cara sonriente–; tenía ganas de verte. No temas, aquello ya está olvidado. Ahora quiero proponerte un negocio.

–Usted dirá –respondí ya más relajado después de ver su sonrisa y el tono de las palabras.

–He comprobado que manejas muy bien las barcas y voy a hacerte una propuesta: quiero que seas tú el que conduzca las barcas que transportan a la gente que quiere quemar el Estrecho. ¿Por qué?, pensarás; muy sencillo: si te cogen los guardias, no te harán nada porque eres menor. Yo iré con vosotros como uno más. Eso sí: no hablarás con nadie; no me conoces y, si te preguntan que quién es el patrón, respondes que no sabes, que cada vez tratas con uno diferente y que no conoces sus nombres. Si te chivas, mis hombres te buscarán donde quiera que estés y te acordarás del día que naciste. ¿Has entendido? –preguntó en tono de amenaza–. Te daré veinte dírhams por cada viaje. ¿De acuerdo?

Quedé en silencio valorando la propuesta. La verdad era que no me importaba el riesgo; ganaría algún dinero y existía la posibilidad de que alguna vez pudiese saltar.

–Bien –respondí decidido–, pero quiero más dinero.

–¿Cuánto?

–Cuarenta dírhams.

–Eres ambicioso, lo dejaremos en treinta.

–De acuerdo.

–Cuando te necesite, ¿dónde puedo encontrarte?

–En las vías, donde me encontró el gancho.

Mientras esperaba mi primera actuación, la vida seguía igual; guardé el secreto, el Enano mejoró y cada uno, a lo suyo.

–Hay dos camiones de los buenos, de los que tienen ejes grandes –me dijo el Manco–; están haciendo cola para entrar al puerto y embarcar, pero seguro que no lo harán hasta mañana. No digas nada, pero yo voy a intentarlo, si quieres ven. Cuando se haga de noche, nos colamos.

Desde luego que acepté: si lo conseguía, asunto zanjado y, si no, esperaría el momento con el negocio de Baruk. Estuvimos hablando y me dio las últimas recomendaciones:

–Ponte en el centro, dobla las rodillas y agárrate como puedas; no acerques las manos a los frenos porque puedes quemarte y, por apurado que te veas, no intentes tocarlos porque te puede pasar como a mí –recalcó lo último mientras me enseñaba su muñón.

Para no levantar sospechas, no quisimos acercarnos mucho a la zona de embarque. Desde lejos me mostró los camiones que podrían ser nuestra liberación.

Bien entrada la noche y burlando la vigilancia de los que guardaban la carga, pudimos llegar hasta nuestro escondite. Ensayé las posturas; la verdad es que era difícil mantener el equilibrio. Probé a ponerme tendido boca abajo agarrado a la barra, pero los pies y las manos rozaban con la zona de los frenos. Imposible. Lo mejor era como había dicho el Manco.

Recordé el teléfono de Juan. Lo primero que haría, en cuanto llegase a España, sería comprar un móvil y llamarle. ¡Qué sorpresa se iba a llevar! Solo en mi madriguera, en aquella interminable noche, repasé mi vida. Pensé en las personas que me habían querido: mi abuelo, que siempre me cuidó y me dio muchos consejos; Juan, que me enseñó español y muchas otras cosas; Dora, que me cuidó como una madre, y Makumba. Recordando a mi amiga me turbé, como cuando se acercaba a mí; cuando nuestras miradas eran elocuentes frases de amor que nunca nos dijimos. Alejé el fantasma de su terrible muerte para embelesarme imaginando que podríamos ser una de esas parejas a las que veía paseando y dándose muestras de afecto. Desde que salí de Kongle, mi vida había sido un constante paso de unas manos a otras, una constante lucha por la supervivencia. Tenía unos enormes deseos de querer y de que me quisieran. Me tendí sobre el suelo, saqué la cabeza, miré una estrella y formulé un deseo, como me había enseñado Dora.

El silencio se rompía a cada instante por los pasos de los vigilantes. No sé si eran los nervios, el frío o el miedo pero, cada poco, tenía ganas de orinar y a punto estuve de que me delataran los inoportunos charcos. Cambiar de postura era muy difícil, pero aguanté. Con las primeras luces del alba, la zona se empezó a animar. Cogí posición. Oía las voces de los conductores que se disponían a arrancar motores. El movimiento de arranque me cogió un poco desprevenido y casi me caigo. Lentamente, el camión se puso en marcha; a medida que aceleraba, daba unos botes que me hacían perder el equilibrio. Apreté las manos, los pies y cerré los ojos. Todos mis músculos estaban en tensión. El traqueteo era insoportable. «Aquí termino aplastado por las ruedas», pensé. Cuando ya no podía aguantar más, dio un frenazo que me tiró al suelo. Menos mal que cesó la marcha. Por el ruido comprendí que estaba a punto de embarcar. Volví a colocarme. El camión entró en el barco. Oí que el conductor bajaba de la cabina dando un portazo. Sus pies estaban a la altura de mis ojos. Se agachó para inspeccionar los bajos y nuestras miradas se encontraron: «Sal de ahí, muchacho, no me busques la ruina». Sus palabras no mostraban enfado. Salí del agujero y me encontré con el Manco, que también había terminado su aventura.

Tercera parte

1. España

Para evitar los riesgos de rotura al contacto con las afiladas rocas, Baruk cambió de tipo de embarcación: sustituyó la inflable por una patera más resistente a los golpes. No me conmovía cuando observaba el embarque de aquella pobre gente que se apretujaba a bordo con un pequeño hatillo lleno de ilusiones, dispuesta a jugarse la vida. Superado a veces por mis desgracias, me iba haciendo cada vez más insensible ante las ajenas; lo único que me llenaba de ternura era el sufrimiento de un niño.

Ocurrió en el segundo viaje: una mujer joven se acomodó con su hijo, un bebé de unos meses. A las pocas horas de travesía, la criatura se puso a llorar con un desconsuelo que me trajo no sé qué vagos recuerdos. Baruk montó en cólera: «calla a ese niño, que va a ser nuestra ruina; la patrulla de costa nos descubrirá». Ni con el pecho, ni con el chupete, nada. Daba dolor oírlo. «No te preocupes –dijo la mujer–, cuando estemos llegando le daré algo para que se duerma.» En efecto, algo le dio, porque antes de avistar la costa se durmió como un angelito. Con el niño sujeto a su espalda, la madre saltó y, con agua hasta la cintura, vi cómo llegaba a buen puerto.

El tercer viaje fue un desastre, porque una lancha del Servicio de Vigilancia Aduanera nos dio el alto y nos obligó a regresar a Tánger.

Se preparaba el cuarto viaje y Baruk me advirtió:

–Para evitar el fracaso del otro día nos hemos puesto de acuerdo varios pateros para salir juntos; llegaremos a la vez. Si nos dan el alto, al ser varias embarcaciones, los guardias no podrán controlarlas y, al menos los más decididos, escaparán.

Me pareció una buena idea y, como la necesidad aguza el ingenio, fragüé mi plan: hasta la nueva partida aprovechaba cualquier momento para afianzar mi estilo de natación. Ya era uno de los mejores de la pandilla. Incluso superé en velocidad y aguante al Melenas, que fue mi maestro.

Vestido completamente de negro, acudí a la cita a la hora convenida y en el sitio de siempre.

–Hoy vienes muy elegante –comentó el jefe.

–Con el dinero que gano ya puedo comprarme ropa.

–Está bien, hombre; cuando empezaste a trabajar eras solo un desgraciado y ahora vas hecho un señor.

Hice una mueca esbozando una fingida sonrisa de agradecimiento. Dispersos por la playa, los ansiosos pasajeros –entre ellos, varias mujeres–, esperaban el momento del embarque. Con diligencia, cada patrón se hizo con su carga. Cinco embarcaciones navegábamos en paralelo; Baruk estaba a mi lado sin perderme de vista. Nadie se movía para no zozobrar; todos guardaban silencio, aturdidos con el monótono runrún de los motores. No hubo incidentes dignos de destacar. Por el tiempo transcurrido, sabía que estábamos cerca de la costa, a la que llegaríamos aún de noche cerrada. Esa era mi esperanza.

Antes del desembarque, unos focos de luz nos envolvieron mientras las voces de «¡alto!» sembraron el pánico. Se oyó la orden de los patrones: «¡saltad! ¡Estamos cerca de tierra!». Los haces luminosos barrían la zona sembrando el desconcierto. Los bultos humanos caían por la borda. Baruk, ocupado en que nadie se quedase en la embarcación, no se dio cuenta de mi fuga. El chapoteo de los desesperados nadadores levantaba remolinos de espuma. Los dueños de las pateras viraron; rápidamente emprendieron el camino de vuelta sin importarles el destino de la carga que les servía en su negocio. Entre brazada y brazada observé cómo la guardia española detenía a los que llegaban a tierra. Ya era un experto nadador y aguanté. Al amanecer, llegué a un sitio en el que no se veía un alma; el día trajo un viento de levante. Luché hasta la extenuación para vencer el envite de las olas. Exhausto, me agarré a unas afiladas rocas. Zarandeado como un muñeco de trapo, no sentía dolor; solo el tinte rojo del agua me hizo reparar en las heridas de manos y piernas. Haciendo un último esfuerzo, alcancé la tierra prometida. Lancé un grito de victoria mientras tiraba hacia arriba un puñado de arena de las playas de España.

Todo el equipaje lo llevaba encima. Saqué la bolsita donde guardaba el dinero y las joyas. Estaba empapado, pero intacto. Las heridas de las piernas dejaron de sangrar. Caminé sin rumbo; el viento y el sol secaron mis ropas. Dejé la playa y encontré unos pinares. «Voy a extender el dinero para que se seque», pensé. Sentado, vigilaba mi tesoro sujeto con unas piedras: ciento cincuenta euros. Sonreí recordando a Habib, el cocinero que nos preparaba la comida sobrante. Era buena persona y fue al único al que comuniqué la fórmula que tenía pensada para llegar a España. «Dame el dinero que tengas, te lo cambiaré a euros», me dijo. Le di las gracias desde lo más profundo de mi corazón. Una vez seco, lo guardé todo; busqué un pequeño montículo que me resguardase del viento y, bajo un árbol, comencé a imaginar el encuentro con Juan: «lo primero que haré será comprar un móvil para llamarle».

El cansancio me rindió y caí en un sueño profundo. No sé el tiempo que transcurrió hasta que, en medio de una agradable nebulosa, me pareció oír unas voces de personas que hablaban muy cerca: «Sí, es un mojaíto[5]», comentaban. Una mano trató de zarandearme y eso me hizo tomar conciencia. Salté como un resorte, dispuesto a defenderme o huir.

–No temas, nadie va a hacerte daño –habló una mujer joven que estaba acompañada por un hombre. Los dos eran blancos.

–Me vais a entregar a los guardias –dije mientras intentaba emprender una veloz carrera.

5. Calificativo que utilizan los de la zona para referirse a los que llegan en pateras.

–Espera, hombre; queremos ayudarte.

–¿Por qué? –pregunté desconfiado.

–Porque los que vienen como tú necesitan ayuda. ¿Llevas muchos días por aquí? Hablas muy bien español.

–No, he desembarcado esta mañana –respondí ya más tranquilo.

–¿Conoces a alguien?

–Sí, tengo un amigo en Madrid que me va a ayudar; él me enseñó el idioma.

–Nosotros vivimos en Algeciras, que está muy cerca de aquí. Esto es Tarifa. Procuramos ayudar a la gente que viene como tú. Acompáñanos y veremos lo que podemos hacer.

«Algún buen espíritu ha puesto a estas personas en mi camino», pensé. Las seguí sin ninguna desconfianza.

No quise preguntar cuántos de aquellos con quienes compartí viaje aquella noche, habían quedado sepultados bajo las aguas. La respuesta me hubiese causado demasiada angustia.

2. Madrid

Javier y Rocío eran una pareja comprometida con el sufrimiento de los demás. Vivían en una zona donde era frecuente la llegada de pateras. Formaban parte de una asociación que prestaba auxilio al que lo necesitase en los primeros momentos del desembarque. Los orientaban, les indicaban dónde podían dirigirse según cada caso. Estaban enterados de lo que había ocurrido aquella noche; por eso paseaban por el parque de los Alcornocales, lugar por donde, según me dijeron, solían deambular los recién llegados: los mojaítos. Allí me encontraron.

Las heridas producidas por las rocas cicatrizaron pronto. Mis improvisados protectores se alegraron de que tuviese un amigo dispuesto a ayudarme. Yo les conté la historia de Liberia, de la guerrilla, de mi orfandad, de Juan... Ellos no preguntaron, solo escuchaban lo que yo quería decirles. Desde su misma casa llamaron a Madrid una y otra vez, pero Juan no respondió a ninguna llamada. Esto me produjo desolación y miedo, pero no desistí; estaba decidido a viajar para buscarlo.

Después de tres días de descanso en casa de Javier y Rocío, ya estaba en condiciones de continuar mi aventura. Me habían comprado ropa nueva y, además, el día de la partida se presentaron con un teléfono móvil; quise pagárselo, pero se negaron.

–Guarda el dinero, que seguramente te hará falta –me dijo Rocío.

–Es demasiado lo que estáis haciendo por mí.

–Nunca es demasiado. Lo que deseamos es que se cumplan tus sueños. Toma –Javier me dio un sobre–; aquí tienes el billete del autobús que va a Madrid y algunos euros.

–Yo tengo dinero –respondí resistiéndome a tantas atenciones.

–Te repito que lo guardes. También hay un papel con la dirección de un centro de acogida, por si no encuentras a tu amigo. No bajes del autobús hasta el final del viaje y no te hagas notar mucho, porque podría detenerte la policía. Si eso ocurre, cuenta todo lo que nos has contado a nosotros.

Después de un fuerte abrazo, coloqué mi pequeño equipaje en el compartimento correspondiente y miré el envoltorio del bocadillo, que olía a gloria. Los miraba, quietos en el andén, mientras agitábamos nuestras manos en señal de despedida. Arrancó el autobús y Rocío me lanzó un beso desde la distancia. Un giro del vehículo los apartó de mi vista.

Viajaba a gran velocidad por una carretera perfecta, acortando la distancia que me separaba de mi destino final. «¿Por qué Juan no atendía las llamadas?», pensé. Alejé el miedo, convencido de que alguna vez conseguiría respuesta. Observaba, pensaba y soñaba enmarañando recuerdos y deseos. En los asientos traseros, un grupo de chicos, más o menos de mi edad, reían y hacían bromas. De vez en cuando hablaban con el móvil. Vestían con el mismo tipo de ropa que yo; de no ser por mi color, hubiese pasado por uno de tantos. Por primera vez, me sentí extraño; entendí las recomendaciones de Javier y Rocío –«procura no llamar la atención»– y es que, claro, en un mundo de blancos, yo destacaba mucho.

En la segunda parada no pude más y bajé al baño, compré una botella de agua y volví enseguida al asiento para comerme el bocadillo. El paisaje era bastante monótono hasta que, al ver una serie de industrias a un lado y otro de la carretera, comprendí que estaba cerca de la capital.

Deseaba estrenar mi teléfono y fue lo primero que hice al salir de la estación de autobuses, pero Juan seguía sin responder. Caminé sin rumbo, crucé un semáforo; el tráfico era intenso y los coches pasaban ante mí como si fuera el ser más minúsculo del planeta. Tenía ganas de llorar porque estaba en la ciudad de mis sueños y nada me parecía hermoso. Topé con un gran edificio. Leí: «Madrid-Puerta de Atocha». Entré. Era la estación de trenes. Sentado en un banco hacía como que esperaba a alguien. Apretaba mi hatillo recelando de todo lo que me rodeaba. De pronto sonó la maravillosa música del móvil. Con gran nerviosismo lo saqué del bolsillo. «¡Por fin lo estrenaba!» Pulsé la tecla:

–Dígame.

–Diko –era la voz de Rocío–, ¿qué tal el viaje?

–Bien. Ya estoy en Madrid.

–¿Has hablado con tu amigo?

–No, no contesta.

–¿Qué piensas hacer?

–No lo sé.

–Vete al centro de acogida. No andes por la calle.

–Bueno, ya veremos, ahora estoy dando una vuelta.

–Llámanos cuando estés situado. Un beso.

–Adiós, un beso.

La llamada me hizo reaccionar. No, no era tan minúsculo, alguien se ocupaba de mí. Miré a mi alrededor, nunca había visto una estación como aquella; rodeé su jardín interior y, después de dar unas cuantas vueltas, decidí que lo mejor sería no pasar la noche allí.

3. El centro de acogida

El centro de acogida no era muy grande, pero sí limpio y confortable. Me debieron de notar la cara de cansancio, sorpresa o miedo, porque la persona que me recibió, un chico joven que luego supe que era el director, no me hizo preguntas; solo se alegró de que hablase español.

–Este será tu cuarto –me dijo mostrando una habitación pequeña con una sola cama y un ropero– aquí estarás unos días para que descanses bien y te acoples a la vida del centro. Luego pasarás a compartir dormitorio con otros compañeros. Al final del pasillo está el baño. Cuando termines de colocar tus cosas, ven al comedor; la cena está preparada. Allí te presentaré a los demás chicos.

Estaba aturdido. Coloqué el pequeño equipaje, esparcí sobre la cama mis tesoros y besé las plumas de búho del abuelo y el palito de Makumba; gracias a la protección de sus espíritus estaba vivo y siempre encontraba a personas que me ayudaban. Conté el dinero y acaricié las joyas que aún me quedaban. Volví a marcar el teléfono de Juan: nada, los mismos timbrazos sin respuesta. ¿Y si no lograba localizarlo? Nada más pensarlo, un escalofrío me recorrió todo el cuerpo. Apreté fuertemente las plumas y el contacto con el talismán me tranquilizó.

–Diko, te esperamos para la cena –dijo una voz al otro lado de la puerta. Era Antonio, el director.

En el comedor, unos veinte chicos, agrupados en mesas de cuatro comensales, hablaban y reían.

–Este es el nuevo compañero, se llama Diko y habla algo de español; espero que todos seáis buenos amigos.

–¡Hola! –respondieron algunos; otros, sin embargo, ni me miraron.

La comida olía bien, pero no tenía hambre; apenas probé bocado. Me acoplaron en una mesa con otros tres chicos; hablaban en francés. Dos de ellos eran marroquíes y el tercero, de Senegal. Nadie me preguntó y yo no hablé. De lo que sí estaba seguro es de que detrás de cada uno había una historia desdichada.

Me dejé atrapar por el sueño como si tuviese resuelto todo mi futuro; estaba tan acostumbrado a la supervivencia del día a día que esta nueva situación era una rutina. Pero aquella noche los monstruos vinieron con mayor fuerza; llegaban amenazantes, gritaban, querían atraparme; yo corría desesperado, pero mis fuerzas se agotaban. No podía más; iban a darme alcance cuando un fuerte zarandeo me devolvió a la realidad. Abrí los ojos: a mi lado, uno de los monitores trataba de tranquilizarme. Sentado en la cama, sudoroso y jadeante, miré a uno y otro lado palpando la realidad.

–No te preocupes, ya pasó, ha sido una pesadilla –la voz cariñosa del monitor me fue serenando.

Salió y regresó con una infusión calentita.

–Bebe, esto te va a relajar. Intenta dormir de nuevo; si necesitas algo, me llamas; mi nombre es Ángel. No te preocupes por nada, mañana organizaremos algo para que te distraigas.

Durante tres días acompañé a Ángel en todas sus gestiones y pude hacerme una idea de cómo era la ciudad. Lo que más me gustaba era viajar en metro; eso de meterme por un agujero y salir por otro me entusiasmaba. Quedaba embobado con los palacios, los jardines, las grandes avenidas, las plazas. El centro de acogida estaba cerca de la Puerta del Sol y vi el kilómetro cero, desde donde parten todas las carreteras importantes de España. Desde luego, Juan no exageraba cuando hablaba de Madrid.

–Diko –me dijo Antonio, el director, después de la comida–, hoy tienes que dormir ya en el sitio que te corresponde.

–De acuerdo, tú dirás dónde me traslado.

En la habitación había dos literas; en total, cuatro personas; los mismos que compartíamos mesa y por los que no tenía ninguna simpatía; de hecho, no sabía ni sus nombres. La primera noche, cuando puse a cargar el teléfono, observé cómo el senegalés lo miraba con ojos de codicia, así que, para evitar tentaciones, lo metí debajo de la almohada.

Estaba previsto que, pasados unos días, comenzaría las clases en un colegio de la zona, así que con un abono transporte podía moverme solo por la ciudad y aprovechar los días previos.

Me hizo gracia el nombre de una de las paradas de metro: «Lavapiés». Decidí ver el porqué de ese original nombre y si había algo para lavarse los pies. Salí a una plaza como tantas otras, pero con algo que destacaba: había marroquíes, chinos, negros..., como si allí se dieran cita las variadas razas que pueblan Madrid. Caminaba tranquilamente, procurando no perder detalle de nada cuando un grupo de chicos, más o menos de mi edad, me rodeó. Los había blancos y negros. Rápidamente me puse en guardia.

–No temas, no intentamos robarte –dijo uno de raza blanca, pero bastante moreno–, solo queremos saber quién eres; te hemos visto despistado. Somos chicos libres, vivimos por nuestra cuenta. ¿Necesitas algo?

–No, estoy dando un paseo –enseguida me di cuenta de que era una panda como la que conocí en Tánger.

–¿Dónde vives?

–En un centro de acogida. Llevo poco tiempo.

–Cuando lleves más días te darás cuenta de que allí hay mala gente.

–¿Por qué dices eso?

–Mira, los monitores son buenos –continuó el cabecilla del grupo–; todos hemos pasado por alguno, pero hay chicos malos que te hacen la vida imposible. Además, te obligan a ir al colegio.

–Eso es bueno –comenté.

–Sí, pero a veces los españoles te miran de mala manera y siempre hay broncas. Por eso hemos decidido vivir por nuestra cuenta. Estamos bien organizados, solo tenemos que procurar que no nos pesque la policía. Oye, si llevas poco tiempo, ¿cómo hablas español?

–Es una historia muy larga, me lo enseñó un madrileño allá, en mi país.

–¿De dónde eres?

–De Liberia.

–¿Cómo te llamas?

–Diko.

–Mi nombre es Ahmed –dijo sellando con una palmada de su mano y la mía la presentación–; si tienes algún problema, cuenta con nosotros; nos movemos por esta zona, aunque buscamos refugio donde haga falta. Ya irás conociendo a todos los colegas.

Aún estuve un rato con ellos, charlando y poniéndome al día de su organización. Nada que ya no conociese.

4. Otra vez en la calle

Hubo varias razones para fugarme del centro de acogida. Primera: los colegas más próximos con los que compartía habitación y mesa no me acababan de gustar. Desde el primer momento nos miramos con recelo; no sé, es como si me tuvieran envidia porque tenía un teléfono y podía comprar algún que otro pequeño capricho, como Donuts o chucherías. A lo mejor era una falsa apreciación; no puedo decir que fuesen malas personas, pero tampoco buenas; con ellos estaba siempre en una alerta permanente y esa era una situación incómoda. Segunda: uno de los alojados tuvo una gran pelea en el colegio porque le dijeron «moro repugnante», y es que algunos españoles rechazan a los que llegamos de fuera y somos distintos. Recordé la pelea con los fulani allá, en mi tierra y, la verdad, lo que menos me apetecía era meterme en broncas y, si me obligaban a ir al colegio, podía ocurrir. Tercera: sentí una especie de añoranza de mis tiempos de niño de la calle y los de la panda de Ahmed no me parecían mala gente. Cuarta y muy importante: sabía que, si me veía obligado a regresar al centro, sería admitido de nuevo.

Cada día apretaba los amuletos para que los espíritus hicieran que Juan respondiera a la llamada. Estaba convencido de que, en algún momento, tendría respuesta, aunque la espera se iba prolongando más de la cuenta.

Di muchas vueltas por la zona de Lavapiés buscando a Ahmed o a alguno de los suyos. Compré un bollo en una pequeña tienda, porque ya era casi la hora de la comida y tenía hambre. A punto estuve de regresar al centro de acogida, pues solo es muy difícil vivir en la calle. «No diré a nadie que lo mío ha sido una escapada. Solo que salí a dar un paseo», pensé.

–¡Eh, negro!, ¿dónde vas? –me llamaba uno de la panda.

–Tío, ¿qué pasa?, ¿dónde os metéis? –respondí con alegría–. Llevo un rato tratando de encontraros.

–¿Cuánto tiempo hace que estuviste por aquí?

–Creo que unos diez días.

–Pues desde entonces han cambiado las cosas. Ya te contaremos. Pronto vendrán los demás. Hemos quedado aquí, en la esquina de la calle Amparo.

No tardaron en aparecer.

–¡Hola, tío!, te esperaba –comentó el jefe mientras nos dábamos la palmada de saludo.

–¿Me esperabas? ¿Por qué?

–Porque yo conozco a los tíos de buen rollo, y tú me lo pareciste desde el primer momento. Acompáñanos, vamos hacia Atocha, allí tenemos un sitio *dabuti*, colega.

En total, eran siete: dos negros de Guinea y los demás, de Marruecos; conmigo llegamos a ocho. Alguno parecía más pequeño, pero casi todos éramos de la misma edad.

En un local algo retirado de la estación tenían su «cuartel general». Nos acoplamos para comer los bocatas con unas latas de Coca-Cola y, atropelladamente, quitándose la palabra unos a otros, me informaron de la situación. En la zona de Lavapiés los vecinos habían puesto denuncias porque les molestaba la presencia de chicos callejeros que, a veces, robaban bolsos y lo que podían; por otra parte, los chinos, que por allí tienen muchos comercios, protestaron porque asustaban a los clientes. Por todo esto, la policía había aumentado la vigilancia y, si se quedaban por allí, corrían el riesgo de ingresar en un centro de acogida, cosa que ninguno de «la familia» quería.

–¿Tú qué sabes hacer? –me preguntó Ahmed.

–¿Cómo que qué sé hacer?

–Sí, tío; aquí cada uno se dedica a hacer lo que mejor sabe: unos birlan bolsos o monederos donde pueden, en las aglomeraciones del metro, en las estaciones; otros, comida o lo que sea en tiendas y grandes almacenes, y aunque esto cada día está más difícil porque hay mucha vigilancia, siempre cae algo. Luego, lo compartimos; y que a ninguno se le ocurra engañar.

–Comprendo. Cuando estuve viviendo en la calle, allá en Tánger, lo mío era «buscar» en los mercadillos fruta y ropa.

–De acuerdo, ese será tu trabajo. Cuando estamos juntos montamos guardia para avisar por si vienen los polis. Usamos los lavabos de las estaciones y, a veces, cogemos el metro hasta el aeropuerto. Es bueno que no nos vean mucho por la misma zona.

A nadie le gustaba hablar de su historia particular; el pasado quedaba atrás y lo importante era encarar el presente y el futuro. Al igual que yo, todos habían mentido diciendo que eran huérfanos y que no tenían familia, como única forma de que no los devolvieran a sus países de origen. Su idea era aguantar como fuese hasta la mayoría de edad, buscar un trabajo y entonces intentar traer a sus familias. Me envidiaron cuando les conté que tenía un amigo que, en cuanto localizara, me ayudaría en todo.

No me gustaba el trabajo asignado en los mercadillos, pero con algo tenía que contribuir a la comunidad. Como durante el día estábamos dispersos, cada uno en lo suyo, mi mayor placer era meterme en una hamburguesería y comprarme una hamburguesa de las grandes. Cada día contaba los euros que me quedaban y el capital disminuía a pasos agigantados. Como los chicos de Tánger, estos también inhalaban pegamento o cualquier sustancia que los apartase, por unas horas, de la realidad. Les conté lo que le pasó al pobre Enano, que casi se achicharra con una cerilla, pero comprobé que ellos, experimentados, ya estaban sobre aviso. Yo hacía más guardias que nadie porque estaba más despejado que ninguno.

Esto de ser casi el guardián permanente comenzó a cansarme y un día decidí cambiar de «domicilio» y dormir en el aeropuerto. Los bancos eran cómodos y siempre había algún pasajero que descansaba esperando un vuelo; podía pasar por alguno de ellos. El primer día fue todo muy bien; nadie me molestó. El segundo día la cosa cambió: entre sueños noté que alguien me tocaba el hombro.

–¿Qué pasa? –pregunté asustado.

–Oye, chico, ¿no tienes otro sitio donde dormir? –era una pareja de policías que me abordaba.

–Estoy en un centro de acogida –dije algo aturdido–, no he hecho nada malo, solo que, como se me ha hecho un poco tarde, pensé en dormir aquí.

–Lo siento, pero esto no es un hotel. Vamos, te acompañaremos a ese centro de acogida en el que dices estar.

Todos dormían cuando llegué al centro de acogida; me recibió Ángel, el monitor que estaba de guardia y que confirmó a los agentes que me conocía.

–¿Dónde te habías metido? –dijo una vez que se marcharon los policías.

–Fui a ver si encontraba a mi amigo –conté lo primero que se me ocurrió.

–¿Estás seguro de que de verdad tienes un amigo? –dijo con cierto tono de desprecio.

–Sí, tengo un amigo, aunque tú no lo creas.

–Bueno, hombre, no te pongas así. Vete a dormir; hoy puedes ocupar el cuarto individual para no despertar a tus compañeros.

Pasé toda la noche llorando; llevaba más de un mes en Madrid y estaba como al principio: solo.

5. Juan

De vez en cuando miraba por la ventana a ver si la luz del día hacía desaparecer los problemas que la noche agrandaba. Cogí el teléfono, quería llamar. ¿A quién? ¡Si Juan respondiera!, pero no: su imagen, su amistad, habían quedado convertidas en un deseo, en una ilusión. ¿Nada más? Tenía que conformarme. Estaba en la tierra soñada y aguantaría como los niños de la calle.

El primer rayo de sol iluminó la pantalla del móvil. Tenía bien grabado en la memoria el número de mi amigo. Apreté la tecla. Un timbrazo, dos, tres, cuatro..., al quinto iba a interrumpir la llamada cuando una voz somnolienta, pero inconfundible, respondió:

–¿Dígame?

–¿Eres Juan?

–Sí, dime, ¿quién eres?

–¿No me reconoces? Soy Diko.

–¿Diko? ¿El chico de Camerún?

–Sí.

–No me lo puedo creer. ¿Desde dónde llamas?

–Desde Madrid.

–¡No me digas! ¿Estás en Madrid?

–Sí, llevo aquí más de un mes. Te he llamado, pero nunca respondías.

–Naturalmente, acabo de llegar de Bertoua, donde te dejé, ¿recuerdas? Te busqué, pero los padres de la misión me dijeron que te habías marchado y que no sabían nada de ti.

–Claro, vine a buscarte –aquí se me rompió la voz y el llanto no me dejaba seguir.

–Tranquilízate, hombre. ¿Desde dónde me llamas? –dijo después de una pausa.

–Estoy en un centro de acogida cerca de Tirso de Molina.

–¡Ah! Sí, lo conozco. Deja que me prepare y, dentro de una hora más o menos, estaré ahí.

–De acuerdo, te espero.

Después de colgar seguía llorando, pero de alegría. Sentado en la cama esperé a que pasara aquel aturdimiento que me tenía paralizado como un tonto. Casi sonámbulo, con los ojos hinchados por el llanto y la mala noche, llegué al lavabo; como era el primero, dejé que la ducha me aplacase los nervios. Hacía días que no sentía el placer del agua acariciando todo mi cuerpo. Poco a poco me fui relajando. Volví a la habitación cuando la casa comenzaba a llenarse de ruidos y trajín. Acaricié la esfera del reloj, aquel reloj que me compré en Tánger y del que tanto presumía. Las agujas marcaban las siete y media.

Era viernes y el fin de semana se anunciaba gozoso. En el comedor, las cocineras preparaban todo lo necesario para el desayuno.

–¿Cómo has madrugado tanto? –era Ángel, que terminaba su guardia y se disponía a descansar.

–Estoy esperando a mi amigo –dije recalcando las palabras para demostrar que no estaba loco y que siempre había dicho la verdad.

–¡No me digas! ¿De veras? ¡Cuánto me alegro! ¿Has quedado con él?

–Sí, ahora viene.

–Hombre, entonces me espero para conocerlo.

–Como quieras.

Solo tomé un vaso de leche con cacao y me senté en el saloncito a esperar. Volví a mirar la hora: las ocho. «Ya no puede tardar», pensé. Miraba, sin ver, los objetos que había a mi alrededor y en los que nunca había reparado. Las ocho y cuarto. A las ocho y veinte, sonó el timbre de la puerta. Corrí para que nadie se me adelantase. Decepción: era el repartidor de la leche. Veinte minutos más oyendo el tictac de los interminables segundos. Las nueve menos cuarto: nuevo timbrazo y nueva carrera. Abrí la puerta y allí estaba Juan; no hubo tiempo para nada: nos precipitamos en un abrazo, no quería soltarlo para que no se escapara de nuevo, rompí en un llanto compulsivo que le contagié. Fueron minutos –¿cuántos?– sin palabras. Una corriente de aire cerró la puerta y el portazo nos trajo a la realidad.

–¡Qué sorpresa! Y yo, buscándote por África. Eres increíble, Diko.

Poco a poco fuimos aflojando el abrazo que nos tenía inmóviles.

–¡Hola! Conque tú eres el amigo de Diko. Yo soy Ángel –se saludaron–, uno de los monitores. Hemos hablado mucho de ti. Pasemos a la sala, allí charlaremos más cómodos. Voy a avisar al director para que te conozca.

Nos acomodamos los cuatro en el tresillo. Escuchaba la conversación de los tres. A mí se me habían agotado las palabras. Juan, después de identificarse, le contó cómo nos conocimos, dónde me dejó y la promesa que hizo de ayudarme cuando tuviese la edad adecuada.

–Pero este bribón no ha tenido paciencia para esperarme en Camerún –comentó con cariño mientras me acariciaba la cabeza.

Antonio lo puso al corriente de mi llegada al centro y de mi desaparición durante unos días.

–Mira que a mí me gusta la aventura, pero me parece que tú me superas. Ya hablaremos –todo lo decía en un tono tan cariñoso que mis lágrimas volvieron a asomar.

–Bueno, tranquilo, como acabo de llegar, la empresa me da una semana de vacaciones. Creo que no habrá inconveniente para que me acompañes por unos días.

–No, en absoluto –asintió el director–, creo que le vendrán bien. Anda, ve por tus cosas y alegra esa cara.

Sin replicar lo más mínimo, obedecí la orden con la mayor diligencia.

Durante el camino me puso al corriente de los cambios que había habido en su vida. Su madre murió al poco tiempo de su regreso; se había casado y vivía con su mujer, Margarita, que trabajaba en la misma empresa; los dos viajaban con frecuencia haciendo estudios de antropología en diversos puntos de África. Por eso había vuelto a Camerún, a terminar el trabajo interrumpido. Se llevó una sorpresa cuando le informaron de mi desaparición. Se le notaba satisfecho por haberme encontrado. A Margarita le había hablado mucho de mí, y estaba deseando conocerme.

El piso de Juan no era muy grande, pero resultaba alegre y estaba bien amueblado. Tenía un salón, cocina, dos baños, una terraza con plantas y tres dormitorios: uno lo ocupaba el matrimonio; en otro había una mesa, un ordenador y muchos libros, era su lugar de trabajo; el más pequeño era el de invitados, en el que me instalé.

La presencia de Margarita me causó cierta timidez. Ella trataba de ser amable y de darme confianza, pero yo nunca me había imaginado a Juan con otra persona. Como es lógico, surgieron algunas preguntas sobre mi vida, pero cuando observaron que no me volcaba en las explicaciones, respetaron mi silencio. Tuvieron que pasar varios días, hasta que me acostumbré a la nueva situación, para que comenzase a ser el chico locuaz que siempre había sido.

Pasábamos largas veladas contando cada uno su aventura, pero no me atrevía a preguntar qué proyectos tenían ellos sobre mi futuro.

–Mira, Diko –me dijo Juan un día, después del regreso de los muchos paseos que dábamos los tres disfrutando de la ciudad–, vemos que no te hace ninguna gracia volver al centro de acogida.

–No –dije con toda sinceridad.

–Ya te hemos contado que ambos viajamos mucho. No podemos dejarte solo. Hemos pensado que lo mejor sería que te alojases en un centro. No, no pongas esa cara; conozco uno que llevan los padres Mercedarios. Soy amigo del director; le he hablado de ti y de tus circunstancias; están dispuestos a ayudarte. Cuando estemos en Madrid, pasarás con nosotros los fines de semana y nos acompañarás en las vacaciones. Te prepararás bien y, cuando llegues a la mayoría de edad, te arreglaremos los papeles para que seas un ciudadano legal y seguro que encontrarás un buen trabajo. Nosotros siempre seremos tu familia. Quiero que lo entiendas.

Quedé pensativo. Por fin se había despejado la incógnita.

–De acuerdo; tampoco tengo otra salida –comenté con un poco de pena.

–Hombre, no lo tomes así.

–Es que nunca he tenido una familia y estoy tan a gusto con vosotros...

–No pongas las cosas más difíciles, somos tu familia; imagínate: unos padres que tienen a su hijo interno en un colegio.

Acabé comprendiendo y nos fundimos en un largo abrazo.

Epílogo

Estoy bien en el centro. Todos tratan de hacerme olvidar mi horrible pasado. En el colegio al que voy hay otros chicos negros, y ninguno siente rechazo hacia los demás por ser de otra raza. El conocimiento del idioma ha hecho que no tenga ninguna dificultad en los estudios; incluso soy de los primeros de la clase. Juan dice que voy bien y que no me preocupe por el futuro. Margarita tiene conmigo las mismas atenciones que una madre. Le he regalado la pulsera y la sortija que me unían al pasado más siniestro. Siempre están pendientes de lo que pueda necesitar.

Sentirme bien hace que los fantasmas de la noche vayan desapareciendo; ya casi no los noto. También ha contribuido a este sosiego haber abierto mi alma. El padre Andrés y mis nuevos padres, Juan y Margarita, lo saben todo de mi pasado; conocen las atrocidades que cometí bajo el efecto de las drogas y saben que deseo trabajar, aprender y ayudar para redimir mis culpas de alguna manera. De vez en cuando miro el mapa que me regaló Juan; está un poco arrugado del agua de la patera, pero se leen bien los nombres. En África observo los sitios en los que he vivido; busco Kongle, mi aldea; no está en el mapa, pero existe.

Cristina es una niña blanca de mi clase; somos muy amigos. Todavía no lo hemos hablado, pero creo que lo nuestro pronto será algo más que una simple amistad. Ya veremos. Tengo ganas de manifestar todo el cariño que durante tanto tiempo no he podido dar. Deseo querer y que me quieran; pero, pase lo que pase, siempre seré un dowayo y llevaré África en el corazón.

Nota de la autora

Diko ya está en España. ¿Conseguirá su sueño de vivir mejor? En *Mi vida en el paraíso* nos cuenta sus vicisitudes, sus angustias, sus dudas, sus éxitos..., ¡todo un alarde de sinceridad!

Si quieres conocer más cosas sobre Diko, puedes ponerte en contacto con la autora a través de su página web: www.delabandera.com

Índice

M.ª Carmen de la Bandera

Nací en El Burgo (Málaga).

Quiero a los niños y a los jóvenes, y no es «peloteo».

He ejercido como maestra durante mucho tiempo y, de verdad, me lo pasaba muy bien con mis alumnos. Ahora, menos mal que sigo haciendo amigos entre los que leen mis libros. Quiero aclarar una cosa: algunos niños y algunas niñas me ponen nerviosa, ¿sabes cuáles? Los que se ríen de los demás y, con sus burlas, nos hacen sufrir. A esos, no los aguanto.

Disfruto con la música y, como soy andaluza, bailo sevillanas, aunque no muy bien, pero me divierten. Leer me apasiona, siempre tengo un libro empezado.

Escribo porque me gusta inventar historias y contarlas; cuando tenía ocho o nueve años, ya me divertía escribir obritas cortas de teatro. La que más me animó a escribir fue mi madre, que leía mis cuentos y le gustaban. Más tarde, estudiando la carrera, una profesora de literatura, doña Teresa, siempre me dio buena nota y me enseñó a amar los libros; valoraba mis relatos y redacciones, y me corregía los errores que pudiese cometer. Ella fue un gran impulso para mí.

He ganado varios premios y tengo otras novelas publicadas: *El pájaro que quiso ser hermoso, El pájaro Lilí y sus amigos, Cuba linda y perdida* y *Sentir los colores.*

Si quieres saber más cosas de mí, puedes consultar: www.delabandera.com

Bambú Grandes lectores

Bergil, el caballero perdido de Berlindon
J. Carreras Guixé

Los hombres de Muchaca
Mariela Rodríguez

El laboratorio secreto
Lluís Prats y Enric Roig

Fuga de Proteo 100-D-22
Milagros Oya

Más allá de las tres dunas
Susana Fernández Gabaldón

Las catorce momias de Bakrí
Susana Fernández Gabaldón

Semana Blanca
Natalia Freire

Fernando el Temerario
José Luis Velasco

Tom, piel de escarcha
Sally Prue

El secreto del doctor Givert
Agustí Alcoberro

La tribu
Anne-Laure Bondoux

Otoño azul
José Ramón Ayllón

El enigma del Cid
Mª José Luis

Almogávar sin querer
Fernando Lalana, Luis A. Puente

Pequeñas historias del Globo
Àngel Burgas

El misterio de la calle de las Glicinas
Núria Pradas

África en el corazón
M.ª Carmen de la Bandera

Sentir los colores
M.ª Carmen de la Bandera

Mande a su hijo a Marte
Fernando Lalana

La pequeña coral de la señorita Collignon
Lluís Prats

Luciérnagas en el desierto
Daniel SanMateo

Como un galgo
Roddy Doyle

Mi vida en el paraíso
M.ª Carmen de la Bandera

Viajeros intrépidos
Montse Ganges e Imapla

Black Soul
Núria Pradas

Rebelión en Verne
Marisol Ortiz de Zárate

El pescador de esponjas
Susana Fernández

L.
Mónica Rodríguez

Heka. Un viaje mágico a Egipto
Núria Pradas

Raidho. Un viaje con los vikingos
Núria Pradas

Koknom. Una aventura en tierras mayas
Núria Pradas

Cómo robé la manzana más grande del mundo
Fernando Lalana

Viajeros audaces
Montse Ganges / Imma Pla

La Montaña del Infierno
Marisol Ortiz de Zárate